RENDEZ-VOUS CHEZ TIFFANY

JAMES PATTERSON

RENDEZ-VOUS
CHEZ TIFFANY

traduit de l'américain
par Mélanie Carpe

l'Archipel

Ce livre a été publié sous le titre :
Sundays at Tiffany's
par Little Brown and Company, New York, 2008.

Si vous désirez recevoir notre catalogue et
être tenu au courant de nos publications,
envoyez vos nom et adresse, en citant ce
livre, aux Éditions de l'Archipel,
34, rue des Bourdonnais 75001 Paris.
Et, pour le Canada,
à Édipresse Inc., 945, avenue Beaumont,
Montréal, Québec, H3N 1W3.

ISBN 978-2-8098-0316-7

Lorsque mon fils Jack avait quatre ans, j'ai dû m'absenter
pour un voyage à Los Angeles. Avant mon départ, je lui ai
demandé si j'allais lui manquer.
— Pas trop, m'a-t-il répondu.
— Vraiment ?
Il a secoué sa petite tête.
— Les gens qui s'aiment ne sont jamais loin l'un de l'autre.
Je crois que cette phrase constitue la genèse de ce roman,
dont l'histoire tourne en quelque sorte autour de l'idée que rien
n'est plus important dans la vie que de donner et de recevoir de
l'amour. C'est, du moins, ce que l'expérience m'a appris.
Je te dédie donc ce livre, Jack, mon très sage fils, avec tout
mon amour, ainsi qu'à ta maman Suzie, ma meilleure amie et
mon épouse.
Je le dédie également à Richard DiLallo.

J.P.

PROLOGUE

Michael courait aussi vite que ses jambes le lui permettaient, lancé à travers les rues congestionnées en direction du New York Hospital, où Jane vivait ses derniers instants. Soudain, une scène du passé lui revint dans un flot irrépressible et étourdissant de souvenirs, manquant le faire tomber à la renverse. Il se vit attablé avec elle à l'Astor Court de l'hôtel St Regis.

Il se rappelait de tout comme si c'était hier : sa coupe de glace au café recouverte d'une épaisse couche de caramel fondant, leur discussion… Tout cela semblait bien difficile à croire. Voire impossible à croire.

Un des nombreux mystères impénétrables de la vie.

Il accéléra le rythme, jetant toute son énergie dans sa course.

Un mystère… Comme le fait que Jane lui claque entre les doigts maintenant, après tout ce qu'ils avaient traversé pour être ensemble.

PREMIÈRE PARTIE

Il était une fois dans l'Upper East side à Manhattan

1

Le moindre détail de ces dimanches après-midi reste gravé dans ma mémoire. Mais plutôt que de vous expliquer ma relation avec Michael, je commencerai par décrire la tentation la plus irrésistible au monde : le sundae servi à l'hôtel St Regis, à New York.

La recette ne variait jamais : deux boules de glace au café de la taille d'un poing noyées dans un tourbillon de caramel chaud qui, au contact de la glace, s'épaississait en une pâte sirupeuse collant aux dents, le tout couronné de vraie crème fouettée. Je savais déjà, du haut de mes huit ans, différencier une véritable crème fouettée d'une contrefaçon giclant d'une bombe métallique.

Je partageais ma table à l'Astor Court avec Michael. De loin le plus bel homme que je connaissais. Que j'aie jamais connu, d'ailleurs. Le plus beau, mais aussi le plus agréable, le plus gentil et sans doute le plus sage.

Ses yeux d'un vert lumineux me fixaient, tandis que je contemplais avec un plaisir non dissimulé la glace qu'un serveur tout de blanc vêtu déposa devant moi avec une lenteur à mettre l'eau à la bouche.

Michael, lui, se voyait invariablement présenter une coupe de verre transparent garnie de boules de sorbet melon et citron. Pour mon esprit d'enfant, sa faculté à se priver du plaisir d'un sundae demeurait une énigme.

— Merci infiniment, articula-t-il, ajoutant l'éducation à la longue liste de ses enviables qualités.

Le serveur s'éclipsa sans un mot.

Cet après-midi-là, les tables étaient occupées de gens à l'air important engagés dans des conversations non moins importantes. Au fond de la salle, deux violonistes dignes d'un orchestre symphonique faisaient glisser leur archet avec la virtuosité d'interprètes du Lincoln Center.

— Bien, l'heure est venue de jouer à notre petit jeu, dit Michael.

Je battis des mains, une lueur de plaisir dans les yeux.

La règle était simple : l'un de nous montrait du doigt une table et l'autre devait inventer l'histoire de ses occupants. Le perdant payait le dessert.

— À toi, me défia-t-il.

Il tendit l'index vers trois adolescentes qui portaient chacune une robe de lin jaune pâle quasiment identique à celle de ses compagnes. Je me lançai sans la moindre hésitation.

— Ce sont des débutantes. C'est leur première saison. Elles viennent juste de terminer le lycée… dans le Connecticut, par exemple. Peut-être à Greenwich… C'est ça, à Greenwich.

Michael renversa la tête en arrière avec un rire sincère.

— Décidément, Jane, tu traînes trop avec les adultes. Mais c'était très bien. Un point pour toi.

— À ton tour, enchaînai-je avec un geste en direction d'une autre table. Raconte-moi leur histoire.

Je désignai un couple modèle qui semblait tout droit sorti d'une banlieue résidentielle des années 1960. L'homme portait un costume à carreaux gris et bleus ; la femme, une veste rose vif sur une jupe plissée verte.

— Ils sont mari et femme et arrivent de Caroline du Nord, expliqua Michael avec beaucoup d'aisance.

Ils sont fortunés, propriétaires d'une chaîne de magasins de tabac. Monsieur est ici pour affaires et madame l'a accompagné pour faire du lèche-vitrines. Mais il vient de lui demander le divorce.

— Oh…

Je baissai les yeux puis, avec un long soupir, engouffrai une autre cuillerée de glace, laissant les riches arômes s'épanouir dans ma bouche.

— Bah, j'imagine que tout le monde divorce un jour ou l'autre.

Michael se mordit la lèvre.

— Oh, attends un peu ! Je me suis trompé sur toute la ligne. Il ne demande pas le divorce, il lui annonce qu'il a une surprise pour elle : il a réservé une croisière en amoureux, une traversée de l'Atlantique sur le *Queen Elizabeth II*, pour une seconde lune de miel.

— J'aime mieux ça, souris-je. Un point pour toi. Excellent.

Je posai les yeux sur ma coupe, surprise de constater que son contenu s'était volatilisé. Comme toujours.

Michael balaya la pièce d'un regard théâtral.

— Ceux-là, tu ne les perceras pas à jour, affirmat-il en indiquant une table à quelques pas de la nôtre.

J'observai la femme qui y était installée : une élégante quadragénaire d'une beauté renversante. Elle aurait facilement pu passer pour une actrice de cinéma avec sa robe de grand couturier rouge vif, ses chaussures assorties et son volumineux sac à main noir. Tout en elle criait : « Regardez-moi ! »

En face, un homme plus jeune parlait avec des gesticulations enthousiastes. Pâle et très mince, il portait un blazer bleu et une Ascott de soie à motifs, un accessoire que je crois n'avoir vu sur personne d'autre.

— C'est pas drôle ! bougonnai-je.

Mais je ne pus contenir un sourire. La table accueillait ma mère, Vivienne Margaux, la grande productrice de Broadway, et le coiffeur de stars le plus célèbre de l'année, Jason. Le délicat Jason, trop occupé pour porter un patronyme.

Je les regardai à nouveau. Ce dont je ne doutais pas, c'est que ma mère était suffisamment belle pour monter sur les planches. Je lui avais demandé, un jour, pourquoi elle n'avait pas fait carrière de l'autre côté du rideau.

— Trésor, je ne veux pas monter dans le train, je veux conduire la locomotive, m'avait-elle répondu.

Tous les dimanches après-midi, tandis que Michael et moi mangions une glace au St Regis, ma mère retrouvait elle aussi un ami autour d'un dessert et d'un café. Elle pouvait ainsi bavarder, se plaindre ou faire affaire en gardant un œil sur moi.

Après cela, nous terminions nos dimanches en beauté par un détour chez Tiffany. Ma mère vouait un véritable culte aux diamants, qu'elle portait partout et collectionnait comme d'autres amassent des licornes en cristal ou ces drôles de chats japonais en céramique avec une patte en l'air.

De mon côté, je n'avais rien contre ces dimanches, pour la bonne raison que je les passais en compagnie de Michael.

Michael, mon meilleur ami, voire mon seul ami à cette période de ma vie.

Michael, mon ami imaginaire.

2

Je me rapprochai de Michael.

— Tu veux que je te dise un secret ? C'est pas joli joli…

— Je t'écoute.

— Je crois savoir de quoi ma mère et Jason sont en train de parler. C'est Howard. Je crois que Vivienne a fini par se lasser de lui. Il est temps de faire place nette.

Howard était mon beau-père. Le troisième mari de ma mère. Le troisième dont je connaissais l'existence.

Le premier, un tennisman professionnel de Palm Beach, avait tenu un an.

Le deuxième, mon père, Kenneth, pouvait se vanter d'avoir surpassé le champion des courts avec trois ans de vie commune. J'adorais mon père, une vraie bonne pâte ; malheureusement, il voyageait beaucoup pour ses affaires, donnant parfois l'impression d'oublier mon existence. Un jour, j'avais entendu ma mère dire à Jason que Kenneth était une « carpette ». Ignorant que j'avais surpris la conversation, elle avait renchéri : « Une belle carpette qui ne deviendra jamais un homme important. »

Howard était dans le circuit depuis deux ans. Il ne voyageait jamais pour le travail et ne semblait d'ailleurs exercer aucune autre activité que celle d'aider Vivienne. Un emploi qui consistait à lui masser les pieds lorsqu'elle était fatiguée, vérifier l'absence de toute trace de sel dans son assiette et s'assurer que le chauffeur de notre voiture respecte une ponctualité infaillible.

— Qu'est-ce qui te fait penser cela ? me demanda Michael.

— Des petites choses. Par exemple, Vivienne lui offrait tout le temps des cadeaux : des mocassins chic de chez Paul Stuart ou des cravates de chez Bergdorf Goodman... Mais ça fait une éternité qu'elle ne lui a rien acheté. Hier soir, elle a dîné à la maison, seule avec moi. Howard n'était même pas là.

— Où était-il ?

Je pouvais lire la compassion et l'inquiétude dans les yeux de Michael.

— Je ne sais pas. Quand je le lui ai demandé, elle a simplement répondu : « Qui sait ? Et qui s'en soucie ? »

Après mon imitation, plutôt fidèle, de ma mère, je secouai la tête.

— Bref. Nouveau sujet. Devine quel jour on sera mardi.

Michael se tapota le menton.

— Aucune idée.

— Allez, tu le sais très bien. Je sais que tu le sais, Michael. C'est pas drôle !

— La Saint-Valentin ?

— Arrête ton cinéma ! le rabrouai-je en lui donnant un petit coup de pied qui lui arracha un sourire. Tu sais quel jour c'est mardi. Tu es obligé, parce que c'est mon anniversaire !

— Ah oui ! Dis donc, tu te fais vieille, Jane.

J'opinai du chef.

— Je crois que ma mère organise une fête en mon honneur.

— Hum.

— Je me fiche d'avoir une fête. Ce que je veux, c'est un petit chiot.

Michael hocha la tête sans un mot.

— Tu as perdu ta...

Je m'interrompis au milieu de ma phrase. Du coin de l'œil, j'avais vu Vivienne signer un chèque. Dans une minute, Jason et elle se dresseraient devant notre table, me pressant de partir. Avec ce dimanche à l'hôtel St Regis s'achevait un autre merveilleux après-midi en compagnie de Michael.

— La voilà, Michael, murmurai-je. Rends-toi invisible.

3

Vivienne parcourut les quelques mètres de l'Astor Court qui la séparaient de nous d'un pas ferme, entraînant Jason dans son sillage. Personne dans le restaurant ne devait imaginer cette belle femme au maquillage, à la peau et au hâle parfaits liée de près ou de loin à la petite fille boulotte aux cheveux crépus et aux joues maculées de caramel assise une table plus loin.

Pourtant, c'était le cas. Nous étions mère et fille.

Vivienne me déposa une petite bise sur la joue.

— Jane-Chérie...

Elle ne m'appelait jamais autrement que « Jane-Chérie », formant un drôle de prénom composé qui sonnait dans sa bouche comme mon véritable nom de baptême.

— ... faut-il toujours que tu commandes deux desserts ?

Jason vint à ma rescousse.

— En fait, Vivienne, la seconde coupe était au melon. Ce n'est pas si terrible. Ce sont des glucides, bien sûr, mais...

— Jane-Chérie, nous avons déjà parlé de ton poids, s'obstina ma mère.

— Je n'ai que huit ans, rétorquai-je. Et si je te promets de devenir anorexique plus tard ?

Michael fut pris d'un tel fou rire qu'il faillit tomber de sa chaise. Même Jason ne put maîtriser un

22

frémissement des lèvres. Mais pas un muscle ne tressaillit sur le visage de Vivienne, qui menait un combat de tous les instants pour ne pas froncer les sourcils, cela afin d'éviter les rides prématurées, le moindre petit sillon qui menacerait d'apparaître sur sa peau avant quatre-vingt-dix ans et des poussières.

— Ne fais pas ta maligne avec moi, Jane-Chérie, me réprimanda-t-elle avant de se tourner vers Jason. Elle lit bien trop de livres.

Tu parles d'une enfant terrible !

— Nous discuterons de tes habitudes alimentaires à la maison, en privé, reprit-elle à mon adresse.

— De toute façon, le sorbet au melon n'était même pas pour moi, me défendis-je. C'est Michael qui l'a commandé.

— J'avais oublié, remarqua Vivienne d'une voix lasse. Michael, le formidable ami imaginaire qui ne te quitte jamais.

Elle se tourna vers la chaise vide à côté de la mienne, sans se douter que Michael occupait celle d'en face.

— Bonjour Michael. Comment allez-vous aujourd'hui ?

— Bonjour Vivienne, répondit-il, bien qu'elle ne puisse ni le voir ni l'entendre. Super, merci.

Soudain, je sentis ma tête tirée vers l'arrière. Jason m'avait attrapé une pleine poignée de cheveux.

— Aïe !

— Il faut faire quelque chose, remarqua-t-il, choqué. Vivienne, donne-moi une heure avec ces cheveux. Personne ne devrait être autorisé à sortir avec une telle tignasse. Confie-la-moi, je te rendrai un mannequin de *Vogue*.

— Formidable, observa Michael, sarcastique. Il ne manquait plus que ça : une petite fille de huit ans déguisée en pin-up de magazine.

Je libérai mes cheveux de l'étreinte de Jason avec une grimace.

— Viens, Jane-Chérie, insista Vivienne. Je dois passer à la répétition générale ce soir.

La première de sa nouvelle grande comédie musicale, *Kansas, mon souci*, était programmée quelques jours plus tard.

— Mais avant, nous passerons chez Tiffany, comme nous le faisons toujours, trésor. Pour notre moment à nous.

— Et pour ses cheveux? insista Jason. Quand puis-je programmer le relooking?

Michael secoua la tête.

— Tu es parfaite comme tu es, Jane. Tu n'as pas besoin de relooking. J'espère que tu ne l'oublieras jamais.

— Jamais, répondis-je.

— Comment? demanda Vivienne.

Elle saisit une serviette de table, la trempa dans mon verre d'eau et essuya les traces de caramel sur mes joues.

— Jane-Chérie, un changement de look est une excellente idée. Qui sait si tu ne seras pas invitée à une grande fête bientôt?

Ma fête d'anniversaire !

Elle s'en souvenait donc. En un instant, je lui pardonnai tout le reste.

— Viens, maintenant. J'entends l'appel de Tiffany.

Elle pivota sur ses hauts talons et se dirigea vers la sortie, Jason sur ses pas.

Je me levai, imitée par Michael, qui se pencha pour déposer un baiser sur le haut de mon crâne, précisément sur les cheveux crépus qui chagrinaient tant l'ami de ma mère.

— À demain. Tu me manques déjà.

— Toi aussi, tu me manques déjà, chuchotai-je.

Les fines jambes dorées de ma mère disparaissaient derrière la porte à tambour du St Regis. Elle jeta un regard par-dessus son épaule.

— Jane-Chérie, viens ! Tiffany nous attend.

Je courus pour la rattraper. J'en avais fait ma spécialité.

4

Pauvre Jane ! Pauvre petite fille !

Le lendemain matin, fidèle au poste, Michael patientait devant le luxueux immeuble de Park Avenue, où vivait Jane. En pareil moment, il savourait particulièrement son invisibilité : son pantalon en velours côtelé tout froissé, sa chemise de golf jaune passé et ses chaussures bateau étaient loin de s'accorder à ce quartier chic.

Il songeait à une phrase pour le moins surprenante que Jane avait prononcée à seulement quatre ans. Alors que Vivienne s'apprêtait à partir pour une tournée d'un mois en Europe, il s'était inquiété de la réaction de la fillette. Mais celle-ci avait dédaigné sa question à ce sujet avec un haussement d'épaules.

— Les gens qui s'aiment ne sont jamais loin l'un de l'autre, avait-elle remarqué.

Michael n'oublierait jamais ces mots si profonds sortis de la bouche et de l'esprit d'une enfant de quatre ans. Il reconnaissait bien là sa Jane, une petite fille épatante.

Ses pensées dérivèrent vers les options qui s'offraient à lui pour occuper cette belle journée, pendant que Jane serait enfermée dans la salle de classe. Peut-être commencerait-il par un petit déjeuner gargantuesque à l'Olympia Diner : pancakes, saucisses, œufs, sans oublier les fameux toasts de pain de seigle. Et pourquoi ne pas retrouver un ou deux collègues qui travaillaient dans le quartier ? Car il n'était pas le seul à exercer la profession d'ami imaginaire, une fonction qui consistait à aider un enfant à trouver sa place dans le monde, sans solitude ni frayeur. Ses horaires s'ajustaient au temps requis pour mener à bien la mission. Sa rémunération se mesurait en amour, l'amour incroyablement pur qui liait un enfant à son ami imaginaire. Il ne pouvait espérer mieux. Après, savoir quelle place il occupait dans l'univers... personne ne l'en avait jamais informé.

Michael regarda le cadran de sa montre, une antique Timex dont le tic-tac ne s'épuisait jamais, comme annoncé dans la réclame. Il était 8 h 29. Jane serait là à 8 h 30 sonnantes, comme tous les matins. Ce petit ange ne faisait jamais attendre personne.

Lorsqu'il leva les yeux, la fillette apparut sur le trottoir. Comme toujours, il feignit de ne pas la voir lorsqu'elle s'approcha et lui jeta les bras autour de la taille.

— Je t'ai eu !

— Ouah ! s'ébahit Michael. Tu es plus discrète qu'un pickpocket dans *Oliver Twist*.

Un sourire illumina le petit visage dont il ne pouvait se lasser. Elle remonta son cartable sur ses fragiles épaules et tous deux se mirent en route pour l'école.

— Pas besoin d'être discrète, remarqua-t-elle. Tu étais perdu dans tes pensées. Sûrement dans un endroit très intéressant.

En sa présence, Jane avait l'attendrissante manie de parler du coin des lèvres, afin de ne pas passer pour une timbrée. Il arrivait à Michael de se montrer aux autres, mais pas souvent, et elle ne pouvait jamais savoir dans quelle situation ils se trouvaient, ni connaître les raisons de ces changements d'apparence.

— La vie est un mystère, aimait-il à lui répéter.

27

Dès qu'ils furent hors de vue du portier, elle lui attrapa la main. Michael n'aurait su décrire le plaisir qu'il tirait de ce geste simple. Il se sentait alors… comment dire… comme un père, peut-être.

— Qu'est-ce que Raoul t'a préparé de bon pour le déjeuner ? l'interrogea-t-il. Attends, laisse-moi deviner. Un sandwich de pain complet à l'écureuil avec de la salade flétrie et de la mayonnaise vieille de trois jours ?

Jane tira sur sa main.

— T'es dingo !

— Non, je suis Atchoum.

— Plutôt Simplet, rit-elle.

Ils se retrouvèrent devant l'imposant portail de l'école, située à seulement un bloc et demi de l'appartement de Vivienne Margaux, soit deux minutes de marche. Une nuée de petites filles, en pull bleu marine, chemise blanche, chaussures à lacets bicolores et chaussettes au pli parfait, tourbillonnait devant l'entrée.

— C'est demain le jour spécial, rappela Jane en fixant ses pieds pour que ses camarades ne la voient pas parler à son ami imaginaire. J'aurai peut-être mon chiot. La race ne m'importe même plus. Peut-être qu'il sera à ma fête. Mais d'abord nous devons aller voir *Kansas, mon souci*. Tu es invité, bien sûr.

La cloche de l'école sonna.

— Super. J'ai hâte d'y être. Allez, rentre. Je viens te chercher à 15 heures, comme d'habitude.

— D'accord. On pourra discuter de notre tenue pour demain soir.

— Chouette, tu pourras m'aider à choisir des vêtements chic. Je ne voudrais pas te faire honte.

Jane ancra son regard dans le sien. En l'espace d'une seconde, il put se faire une idée précise de l'adulte qu'elle deviendrait : une mine sérieuse, un

28

sourire chaleureux et des yeux intelligents qui le traversaient jusqu'à l'âme.

— Jamais tu ne me feras honte, Michael.

Elle lâcha alors sa main pour courir vers le bâtiment. Michael ne cilla pas avant de voir ses boucles blondes s'évanouir derrière le portail. Il attendit encore un moment, le temps qu'elle pointe son nez dehors, comme à son habitude, pour le saluer de la main une dernière fois avant de disparaître.

Soudain, il ne maîtrisa plus ses battements de cils, ni le picotement dans ses yeux. Un géant lui aurait écrasé la cage thoracique qu'il n'aurait pas éprouvé une douleur plus fulgurante au cœur.

Comment allait-il annoncer à Jane qu'il devait la quitter le lendemain ?

Car partir entrait aussi dans les fonctions de l'ami imaginaire. C'était, sans aucun doute, la partie la moins agréable du métier.

5

Nous nous souvenons tous des jours les plus sombres de notre vie, qui deviennent, au gré du temps, indissociables de notre être. Je me rappelle mon neuvième anniversaire avec une précision mathématique.

Ce jour-là, après la classe, je me préparais à me rendre au théâtre en compagnie de Michael. Absente toute la journée, Vivienne n'avait pas eu l'occasion de me souhaiter mon anniversaire, mais Michael était venu me chercher à la sortie de l'école avec des fleurs. Comme je m'étais sentie grande ! Je n'avais jamais rien vu d'aussi beau que ces roses abricot.

Je garde un vague souvenir de la comédie musicale, mais je me rappelle que le public rit, pleura et retint son souffle aux bons moments. Installés dans nos fauteuils VIP, Michael et moi nous tenions la main. Je sentais mon cœur palpiter d'excitation. C'était mon jour, tous mes vœux s'exauceraient : une fête d'anniversaire et, avec un peu de chance, un chiot ! Michael à mes côtés ; ma mère satisfaite du succès de sa production… Tout me paraissait merveilleux. Tout me semblait possible.

Au rappel, Vivienne monta sur scène avec les comédiens. Jouant la timide et l'étonnée face à l'accueil enthousiaste du public, elle fit une révérence à la salle qui, debout, redoubla d'applaudissements. Je me levai moi aussi et battis des mains de toutes mes forces. J'éprouvais un amour intense pour ma mère, presque trop grand pour mon cœur de petite fille. Un jour, elle me rendrait la pareille, j'en étais certaine.

Enfin, ce fut l'heure de ma fête d'anniversaire dans notre appartement.

Les danseurs de *Kansas, mon souci* furent les premiers arrivés, ce qui ne m'étonna guère : après leur prestation, ils devaient mourir de faim, et leur salaire médiocre ne les encourageait certainement pas à manquer ce genre d'occasion somptueuse. Dans l'entrée au sol de marbre noir et blanc, quelques filles ôtaient leur manteau, découvrant des corps de brindille. Je n'avais que neuf ans, mais je savais déjà que je ne leur ressemblerais jamais.

— Tu dois être la fille de Vivienne, observa l'une d'elles. Jill, c'est ça ?

— Jane, rectifiai-je avec un sourire, pour ne pas paraître sale gosse.

— Je ne savais pas que Vivienne avait un enfant, intervint une autre asperge. Salut, Jane. Quel mignon petit bouchon tu fais !

Le troupeau de gazelles migra vers le gigantesque salon, me laissant seule en proie à une question existentielle : un bouchon pouvait-il être mignon ?

— Nom d'un Stephen Sondheim ! s'exclama un danseur. Je savais que Vivienne était riche, mais cet endroit est plus grand que le Broadhurst.

Lorsque je me retournai, il me sembla qu'une centaine de personnes se pressaient dans la salle de réception. Je parcourus la pièce à la recherche de Michael, que je repérai près du pianiste.

Le salon vibrait de l'agitation qui s'empare d'un théâtre à l'entracte, les conversations laissant à peine filtrer la mélodie du piano. Bientôt, je remarquai la présence de Vivienne. Postée près de la porte de la bibliothèque, elle discutait avec un homme aux

31

cheveux argentés, en veste de smoking et jean. Un écrivain que j'avais déjà vu une ou deux fois aux répétitions de *Kansas, mon souci*. Il se tenait si près d'elle que j'eus l'horrible sentiment qu'il auditionnait pour le rôle de quatrième mari de la célèbre productrice. *Beurk !*

Une petite vieille qui incarnait une grand-mère dans la comédie musicale me hameçonna avec la poignée recourbée de sa canne.

— Tu m'as tout l'air d'une gentille petite fille.

— Merci, j'essaie de l'être, répondis-je poliment. Puis-je vous aider ?

— Je me demandais si tu pouvais te faufiler jusqu'à ce bar, là-bas, et me rapporter un Jack Daniel's.

— Bien sûr. Sec ou *on the rocks* ?

— Bonté divine ! Voilà une petite bien avertie ! Se pourrait-il que tu sois en réalité une naine ?

Je ris et, me retournant vers Michael, le surpris en train de chuchoter à l'oreille du pianiste. Que mijotait-il ?

Alors que je me frayais un passage vers l'un des bars, une voix retentit au-dessus du brouhaha.

— Mesdames et messieurs, puis-je avoir votre attention, s'il vous plaît ?

Le musicien s'était levé, obtenant aussitôt le silence de toute l'assistance.

— Je me suis laissé dire que ce jour marque un événement particulier pour l'une d'entre vous. Elle fête ses neuf ans, aujourd'hui. Mesdames et messieurs, je vous demande d'applaudir la fille de Vivienne.

La fille de Vivienne. Voilà qui j'étais.

Je souris, à la fois heureuse et embarrassée de voir tous les yeux converger sur moi. La vedette de *Kansas, mon souci* m'attrapa et me déposa debout sur une chaise d'où je dominais toute la pièce. Je cherchai ma mère des yeux dans l'espoir de la voir sourire avec fierté, mais ne la trouvai nulle part. Ni elle ni l'écrivain. Alors le pianiste égrena les premières notes de « Joyeux anniversaire », et tout le monde chanta en chœur. Rien ne vaut un air d'anniversaire entonné par une troupe de Broadway. Traversée par un frisson de bonheur, j'aurais vécu le plus heureux moment de ma vie... si ma mère l'avait partagé avec moi.

Lorsque ce fut terminé, le gentil comédien me reposa sur le sol, et ma fête redevint une réception. La page anniversaire était tournée.

Ce fut alors que j'entendis une voix familière.

— Jane ! Mais, dites-moi, je connais cette grande et belle fille !

Je tourbillonnai pour découvrir mon père. Après m'être fait la réflexion qu'il ressemblait drôlement à un homme pour une « carpette », je courus dans ses bras.

— Papa !

6

Comme j'aimais être cajolée ! Surtout par mon père. Il m'enveloppa dans ses bras, me laissant savourer son odeur relevée d'une légère note d'après-rasage. J'en inspirai une pleine bouffée, comblée de joie et soulagée par sa présence.

— Tu ne pensais tout de même pas que j'allais oublier ton neuvième anniversaire ?

Il s'écarta pour me prendre par la main.

— Allez, vite, dans le hall. Si ta mère apprend que je me suis incrusté à sa petite fiesta, elle va devenir dingue.

— Il y aura toujours quelqu'un pour la maîtriser. Je ne sais même pas si elle est encore ici.

Je me faufilai dans la foule derrière mon père, ma main bien au chaud dans la sienne. Dans l'entrée m'attendaient deux surprises : un gros paquet entouré d'un ruban jaune et la petite amie de mon père. Je me souvenais d'une réflexion de Vivienne sur la poitrine d'Ellie, qu'elle qualifiait de « toc », mais je ne compris toujours pas ce qu'elle voulait dire.

— Tu te souviens d'Ellie, n'est-ce pas, Jane ?

— Oui, papa. Bonjour, Ellie. Je suis heureuse que tu aies pu venir.

Je n'avais pas pris des années de leçons de convenances pour rien.

— Joyeux anniversaire, Jane.

Très blonde et jolie, Ellie semblait beaucoup plus jeune que ma mère, qui l'affublait du surnom d'« écolière ».

— Ouvre ton cadeau, me rappela mon père. Ellie m'a aidé à le choisir.

Je tirai sur le ruban jaune, qui se dénoua sur-le-champ, et m'en donnai à cœur joie pour dégager les tonnes de papier de soie que contenait la boîte. Enfin, mes doigts palpèrent une masse douce et moelleuse… mais inerte. J'enfonçai les deux bras pour sortir le plus gros chien en peluche que j'aie jamais vu de ma vie. Le plus violet aussi. Il portait une grosse houppe sur le sommet du crâne, un collier de diamants fantaisie et une médaille d'or en forme de cœur indiquant « Gigi ».

L'opposé de ce dont je rêvais.

— Merci, papa, dis-je en affichant un sourire jusqu'aux oreilles. Gigi est si chouette !

Je m'efforçai d'évacuer de mon esprit toute image de chiot vivant, tout chaud et frétillant. De chiot qui serait à moi. Rien qu'à moi. *Pas de chiot pour toi, Jane, mais une peluche violette.*

— Il faut aussi dire merci à Ellie, remarqua mon père.

— Merci, Ellie, répétai-je poliment.

Lorsqu'elle se pencha pour m'embrasser, je reconnus son parfum : Chanel N° 5. Je me demandai si elle savait que mon père l'offrait à ma mère autrefois.

— Bien, s'exclama-t-il en se redressant. Il est temps de partir à Nantucket.

Mon cœur bondit dans ma poitrine.

— Nantucket ? criai-je presque.

Ellie et mon père échangèrent un regard embarrassé.

— Pas toi, trésor, juste Ellie et moi. Ta mère me tuerait si je t'enlevais à ta fête d'anniversaire.

Bah tiens, comme si elle remarquerait mon absence.

— Je comprends, répondis-je en m'efforçant de refouler ma morosité et mes larmes. C'est juste que j'adore Nantucket. Vraiment beaucoup. Et Michael aussi.

— Nous y retournerons, Jane. Je te le promets, me consola mon père. Et ton ami Michael pourra venir aussi.

J'étais sûre qu'il le pensait. Mon père ne parlait jamais à la légère. Je ne pus toutefois réprimer la vague de tristesse qui me submergea en le voyant aider Ellie à enfiler son manteau.

— Ça va aller ? me demanda cette dernière.

En fin de compte, je l'aimais bien. Elle faisait toujours preuve de beaucoup de gentillesse à mon égard. J'espérais que mon père l'épouserait bientôt, car lui aussi avait besoin d'être dorloté. Peut-être que Vivienne aussi, d'ailleurs.

— Bien sûr, c'est mon anniversaire. Tout va un jour pareil.

Ils me serrèrent tous les deux dans leurs bras, m'embrassèrent puis, après un ultime au revoir, montèrent dans l'ascenseur et disparurent dans la nuit, poursuivant leur petit bonhomme de chemin vers Nantucket.

Dans le salon, la soirée de grande première battait son plein. Personne ne semblait se souvenir que l'on fêtait mon anniversaire quelques minutes plus tôt. Dans ces circonstances, je ne voyais pas l'intérêt de rester.

Je me glissai à travers la cohue d'adultes et courus dans le long couloir silencieux menant à ma chambre, sentant mes pieds s'enfoncer dans l'épaisse moquette. Après avoir claqué la porte derrière moi, je me jetai sur mon lit pour enfouir la tête dans mon oreiller. Alors, à l'abri des regards, je me mis à sangloter comme la plus grande pleurnicheuse du monde.

Jusqu'à ce que j'entende la porte s'ouvrir.

C'était Michael. Merci, mon Dieu, Michael était venu me sauver.

7

Lorsqu'il poussa la porte, Jane pleurait sur son lit, esseulée. Dans ce triste état, elle ne ressemblait guère à une petite fille qui fête son anniversaire, à la reine du jour. Mais comment ne pas la comprendre ?

Avec un soupir, Michael s'assit à côté d'elle et la prit dans ses bras. Elle ne méritait pas de souffrir ainsi. Aucun enfant ne le méritait.

— Tout va bien, Jane. Allez, pleure un bon coup, murmura-t-il.

Sa bouche effleura ses cheveux, dont se dégageait toujours l'odeur du shampoing pour bébé Johnson & Johnson, devenu l'un de ses parfums favoris.

— D'accord, mais c'est toi qui l'auras voulu.

Elle releva son petit minois strié de larmes en reniflant et enleva ses chaussures, qu'elle laissa tomber par terre.

— Je crois que Vivienne a complètement oublié mon anniversaire, constata-t-elle, secouée par un nouveau sanglot. Mon père est venu, mais il est reparti au bout de deux minutes. En plus, il va à Nantucket, mon endroit préféré sur toute la planète ! Sans moi ! Et puis je n'ai même pas eu de chiot.

Sa joue était collée contre le chien violet. Jane aimait serrer des choses contre elle, que ce soit un manteau d'hiver, un oreiller ou une peluche. Cette habitude trahissait un besoin irrépressible de chaleur humaine, qu'elle ne pouvait assouvir auprès de personne.

— Toi, tu sais écouter, Michael, observa-t-elle avec un dernier reniflement. Merci, je me sens mieux.

Michael promena son regard dans la chambre. Du Jane tout craché : des piles de livres sans images pour des enfants plus âgés, un saxophone dans un coin, un grand poster rempli de mots de vocabulaire en italien. Au-dessus de son bureau était accrochée une photo dédicacée de Warren Beatty, que Vivienne lui avait rapportée d'un voyage d'affaires à Los Angeles, qui s'était prolongé pendant trois mois. Trois mois au cours desquels elle n'était pas revenue une seule fois voir sa fille.

À présent, Michael devait parler à Jane. L'endroit, sa chambre douillette loin de cette fête idiote, n'aurait pu être mieux choisi. Mais le moment, juste après que ses deux parents lui avaient causé tant de chagrin, le jour de son anniversaire de surcroît, n'aurait pu tomber plus mal.

— Tu es une petite fille sensationnelle, commença-t-il. Est-ce que tu le sais ? Tu dois bien le savoir…

— Un peu, mais juste parce que tu me le répètes tous les deux jours environ, répondit-elle avec un sourire mouillé.

— Tu es belle, à l'intérieur comme à l'extérieur. Tu es incroyablement intelligente, cultivée, drôle, attentionnée et généreuse. Tu as tant à donner.

Jane sembla sur le qui-vive. Il venait de dire qu'elle était intelligente, à présent elle allait le lui prouver.

— Michael, qu'est-ce que tu veux me dire ? Il y a un problème ?

Ses jambes faiblirent, sa vision se brouilla. *Pourquoi maintenant ? Pourquoi Jane ? Pourquoi lui ?*

— Tu as neuf ans maintenant, se força-t-il à déclarer. Tu es une grande fille. Et donc… Et donc, je m'en vais ce soir, Jane. Je dois partir.

— Je le sais bien. Mais tu seras là demain. Comme d'habitude.

Michael déglutit. On exigeait de lui l'impossible, un acte qui lui brisait le cœur.

— Non, Jane. En fait, je ne reviendrai jamais. Je n'ai pas le choix. C'est une règle.

Le seul fait de prononcer ces mots lui infligea la plus atroce souffrance de sa vie. Jane était différente. À part. Il ignorait pourquoi, mais il le sentait. Pour la première fois, la règle qui régissait le moment de séparation entre un ami imaginaire et un enfant lui semblait stupide et injuste. Plutôt mourir que causer à Jane tant de peine. Mais comme il le lui avait dit, il n'avait pas le choix. Il ne l'avait jamais.

Elle ne pleura pas, ne cligna pas. Comme chez sa mère, pas un muscle de son visage ne frémit. Elle le regarda droit dans les yeux sans prononcer un mot. Il ne l'avait jamais vue observer un tel calme, une passivité terrifiante.

— Jane ? Tu m'as entendu ? finit-il par demander.

Il attendit ce qui lui sembla une éternité.

— Je ne suis pas prête à te voir partir, répondit-elle, de grosses larmes roulant sur ses joues. Je ne suis vraiment pas prête.

Elle attrapa un Kleenex pour s'essuyer le nez de ses petites mains tremblantes. Voir ces délicates menottes agitées de secousses incontrôlables asséna à Michael un coup terrible. Cette vision lui était insupportable.

En proie à la plus grande impuissance, il entrevit un moyen de soulager un peu le chagrin de Jane. Cependant, il n'avait jamais tenté l'expérience, avec aucun autre enfant.

— Jane, je vais te confier un secret. Je ne l'ai jamais dit à personne, tu devras donc le garder pour toi et ne jamais le trahir. Je vais te révéler le secret des amis imaginaires.

— Je me fiche de tes secrets, rétorqua-t-elle avec des trémolos dans la voix.

Michael choisit de l'ignorer.

— Les amis imaginaires sont là pour guider les enfants dans la vie. Ils les aident à se sentir moins seuls, à trouver leur place dans le monde et au sein de leur famille, mais ensuite il leur faut partir. Ils le doivent. Il en a toujours été ainsi et il en sera toujours ainsi, Jane. C'est comme cela, tout simplement.

— Mais puisque je te dis que je ne suis pas prête.

Michael lui divulgua alors un autre secret.

— Lorsque je serai parti, tu ne te souviendras pas de moi. C'est pour tout le monde pareil. Il t'arrivera peut-être de penser à moi, mais tu croiras avoir rêvé.

C'était là sa seule consolation, ce qui lui permettait d'avaler la pilule.

Jane se cramponna à son bras.

— S'il te plaît, Michael, ne me quitte pas. Je t'en prie. Pas maintenant ! Jamais ! Tu n'imagines pas combien tu comptes pour moi !

— Tu verras, Jane, tu ne te souviendras de rien demain, lui promit-il. Tu n'auras plus de chagrin. Et puis, tu l'as dit toi-même : « Les gens qui s'aiment ne sont jamais loin l'un de l'autre. » Nous ne serons jamais loin, Jane. Je t'aime tant. Je t'aimerai toujours. Toujours.

Michael se fondit alors lentement dans le décor de la chambre d'enfant, comme savent si bien le faire les amis imaginaires. Mais, avant de disparaître, il distingua les derniers mots de l'adorable petite Jane.

— S'il te plaît, Michael, ne pars pas ! Je t'en prie ! Si tu pars, je n'aurai plus personne. Je ne t'oublierai jamais, Michael. Pas moi ! Jamais !

Ce qui nous conduit au moment présent.
Un présent pas plus imaginaire que le passé.
Un présent bien ancré dans la réalité.

DEUXIÈME PARTIE

Vingt-trois ans plus tard :
la sagesse n'attend pas la vieillesse

8

Elsie McAnn affichait un visage aussi pâle que la mousse d'un café *latte*, manifestement prise de panique et proche de la crise d'apoplexie. Il fallait que l'heure soit grave pour qu'elle se retrouve dans un état pareil. Après vingt-huit longues et éprouvantes années passées à jouer les cerbères à la réception de la société de production de ma mère, ViMar Productions, Elsie restait fidèle au poste.

— Dieu merci, te voilà enfin, Jane ! glapit-elle avec un soulagement palpable.

— Il est à peine 10 heures.

— Je ne sais pas quel est le problème, mais Vivienne est déjà venue une centaine de fois. Elle te cherche partout.

— Eh bien, tu peux lui dire que je suis là maintenant.

Peine inutile. Ma phrase à peine terminée, je reconnus le cliquetis de talons aiguilles dans le couloir. La voix de ma mère retentit une fraction de seconde avant qu'elle ne se matérialise devant moi.

— Où étais-tu passée, Jane-Chérie ? Il est près de midi.

— À deux heures près, oui.

Elle m'embrassa sur la joue, un rituel matinal.

— Mais où étais-tu ? insista-t-elle.

Il n'y avait pas de quoi en faire un plat : j'avais passé les premières heures de la matinée chez moi, à boire tranquillement mon café devant la télévision. Aujour-d'hui, l'invitée de Matt Lauer avait expliqué comment mettre un peu d'ordre dans un garage aux allures de bric-à-brac, la solution consistant à user et abuser de panneaux perforés.

J'ignorai donc la question et empruntai le couloir en direction de mon bureau, Vivienne sur mes talons.

— J'espère que ce sachet en papier dans tes mains ne contient pas un muffin aux myrtilles bourré de sucre.

— Pas du tout.

Il recelait un doughnut aux noix et au sirop d'érable recouvert de glaçage. Bourré de sucre, certes, mais pas un muffin.

Après m'être assise derrière mon bureau, j'épluchai la pile de pense-bêtes récapitulant les appels reçus en mon absence. Pour la plupart, des messages d'agents, et donc des mensonges.

Un mot de mon habilleuse personnelle chez Saks, engagée sur une idée de Vivienne. Encore des mensonges.

Cinq billets intitulés « votre mère ».

Un message de Hugh McGrath, mon petit ami. Autrement dit, le plus grand bonheur et le plus grand fléau de mon existence, le tout dans un bel emballage sexy.

Un mot de mon dermatologue, que j'avais tenté de contacter plus tôt…

Au final, le seul appel intéressant venait de Karl Friedkin. Il avait une importance capitale, car le riche promoteur immobilier y exprimait son vif désir d'investir dans mon projet de film.

Trois ans plus tôt, Vivienne m'avait donné la permission de mettre en scène une pièce de théâtre, toute seule comme une grande. Mon œuvre comptait deux acteurs, une fillette de huit ans et un homme de trente-cinq ans, et deux décors, l'Astor Court de l'hôtel St Regis et un appartement de Manhattan. Je ne doutais pas que ma mère avait calculé, avant de me donner le feu vert, qu'une production si peu coûteuse ne représentait guère de risque financier si elle se révélait un fiasco.

Le ciel soit loué s'inspirait, et c'est peu dire, de ma relation avec Michael. Peut-être l'écriture de cette pièce traduisait-elle mon désir de ne jamais oublier l'ami imaginaire qui avait marqué mon enfance. Peut-être n'était-ce là qu'un charmant projet comme un autre...

Au grand étonnement de Vivienne, auquel je ne pouvais que m'associer, *Le ciel soit loué* avait connu un véritable succès. Au point de se voir décerner un Tony Award. Les spectateurs avaient adoré l'histoire de la petite fille boulotte et de son bel ami imaginaire. Leur séparation arrachait toujours des sanglots à l'ensemble de l'assistance.

Un agrandissement d'une critique de Ben Browning publiée dans le *New York Times* trônait au-dessus de mon bureau : « Traitez-moi de fleur bleue ou de tous les noms d'oiseau que vous voulez, *Le ciel soit loué* est tout simplement divin. Comme la vie à son summum, la pièce combine à la perfection charme, larmes et rires. »

Je ne m'attendais évidemment pas à ce que la pièce me ramène Michael, mais elle avait eu le mérite d'introduire Hugh McGrath dans ma vie. Après avoir incarné mon ami imaginaire sur les planches, Hugh était devenu mon petit ami en chair et en os.

Lorsque j'avais exprimé à Vivienne mon désir de réaliser un film à partir de la pièce, elle avait répondu :

— Ce n'est pas une mauvaise idée, Jane-Chérie, mais tu n'y arriveras jamais toute seule. Tu auras définitivement besoin de mon aide. Une chance pour toi, je ne suis pas débordée en ce moment.

Le plan consistait à réunir nous-mêmes la moitié des fonds nécessaires à la production, avant de demander à un studio de compléter l'investissement. Dans un élan d'extrême générosité, Vivienne m'avait promis d'apporter personnellement la même somme que celle que Karl Friedkin consentirait à engager dans le projet.

— Je brise la règle d'or de la production : ne jamais investir son propre argent, avait-elle remarqué. Mais après tout, tu fais partie de la famille, Jane-Chérie.

Elle s'en souvenait donc…

9

— Appelle Karl Friedkin, tout de suite. Plus vite ! Sur ordre de ta mère ! me somma Vivienne, plantée devant mon bureau.

Elle ne plaisantait qu'à moitié. En petite fille obéissante, j'appuyai sur la touche de numérotation rapide pour joindre le promoteur immobilier.

— Une seconde, Jane-Chérie ! Attends, raccroche... Laisse-moi réfléchir...

Tandis que je m'exécutais, Vivienne se mit à arpenter mon bureau, les mains jointes comme si elle priait le saint patron des bailleurs de fonds.

— Je veux que tu dises à Karl que le projet intéresse énormément Gerry Schwartz de Phœnix Films. Dieu sait que Gerry a le don de flairer les gros succès !

— Oh, mon Dieu ! m'exclamai-je. Quand a-t-il appelé ?

Elle me darda un regard exaspéré.

— Pour l'amour de Dieu, Jane-Chérie. Il n'a jamais appelé, mais laissons croire à Friedkin qu'il est sur le coup. Dis-lui que s'il ne signe pas son chèque aujourd'hui, il sera trop tard.

Je reposai le combiné.

— Embellir un peu la vérité, je veux bien, mais un mensonge pur et dur ? Tu sais combien je déteste.

J'accusai un nouveau coup d'œil agacé.

— Cela fait partie du jeu.

— À propos, comment sais-tu que Karl Friedkin a appelé ? m'enquis-je, suspicieuse.

— Intuition maternelle, repartit-elle en faisant claquer ses talons en direction de la porte.

— Tu as fouillé dans mes papiers.

Elle prit un air outré.

— Moi ? Jamais !

Puis, avec sa plus belle expression outragée, elle disparut dans le couloir d'un pas digne. Une seconde plus tard, elle pointait son nez dans l'entrebâillement de ma porte.

— Oh ! Après avoir convaincu Karl Friedkin, n'oublie pas de rappeler le dermatologue.

10

Hugh McGrath était si beau que c'en était ridicule, mais pouvait-on le lui reprocher ? D'accord, peut-être un peu. Sans chercher trop loin, plusieurs raisons me viennent à l'esprit.

Un jour que nous nous promenions sur une plage d'East Hampton, un homme s'était approché de lui.

— Où est-ce que je peux m'offrir un sourire comme le vôtre ? avait-il demandé.

Le pire, c'est qu'il ne plaisantait pas. Hugh était ce genre d'homme. Le genre avec des yeux marron de velours, un nez parfait, de hautes pommettes et un menton ciselé digne de James Bond.

Acteur de Broadway, nominé pour un Tony Award à l'âge de dix-neuf ans, Hugh était né avec du bagout, ce don inné qui lui aurait permis de vendre de la glace aux Eskimos. Un jour, étendu sur le lit, langoureusement appuyé sur un coude, il m'avait déclaré que le simple fait de me voir le matin le rendait ivre de bonheur.

— Un peu de sel pour relever ta fadaise ? n'avais-je pu me retenir de répliquer, parfaitement consciente de mon potentiel de séduction au saut du lit.

Ce soir, je devais retrouver Hugh chez Babbo, notre restaurant italien favori dans Greenwich Village. Une vingtaine d'années plus tôt, cet établissement s'appelait The Coach House et servait de délicieuses soupes de haricots noirs. Petite fille, je m'y rendais parfois le dimanche soir avec ma mère. J'étais alors certaine de recevoir un rappel à l'ordre.

— Pas de crème dans la soupe, Jane-Chérie. N'oublie pas que tu as dévoré un énorme sundae il y a seulement quelques heures.

Oui, avec Michael.

Arrivée avant Hugh, je me laissai guider à l'étage par la beauté russe du comptoir des réservations et, une fois attablée, je ne pus m'empêcher d'observer les gens autour de moi. Une vieille habitude de jeunesse.

Un couple attirait particulièrement l'attention de l'autre côté de l'allée centrale : un jeune homme blond, dont le costume Ralph Lauren bleu marine portait l'étiquette « avocat réputé », et une jeune femme noire, avec des jambes interminables qui affichaient « mannequin ». Tous deux respiraient l'amour et semblaient fous l'un de l'autre. Ne serait-ce que pour un soir.

Un couple approchant de la cinquantaine dînait à la table voisine. Elle portait un jean et « l'indispensable » T-shirt à cinq cents dollars. Lui arborait un pantalon en coton, une chemise marron, une veste en daim dans des tons plus foncés et des lunettes noires tout droit sorties des années 1950. Je décidai que j'avais affaire à un négociant de toiles et à une artiste fêtant leur deuxième anniversaire de mariage. Une occasion pour laquelle madame tentait de convaincre monsieur de goûter ses *fettuccine* à l'encornet.

Je jouais à notre petit jeu, à Michael et moi, sans même m'en rendre compte. Hugh avait un quart d'heure de retard. Ce n'était pas la première fois, surtout depuis quelques semaines. Voire plus... En fait, depuis que je sortais avec lui.

11

Je fouillai dans mon sac à la recherche de mon téléphone portable, posai l'appareil sur la table et commandai un Bellini. Siroter le délicieux cocktail au dosage parfait m'aida à prendre mon mal en patience. Un moment du moins...

Déjà une demi-heure de retard. *Bon sang !*

Subitement, je pris conscience que c'était la troisième fois consécutive que Hugh me faisait le coup, sans même prendre la peine de me prévenir. Je m'efforçai de ressentir une vague inquiétude. Après tout, peut-être gisait-il sur un lit d'hôpital, renversé par un taxi ou victime d'une violente agression. Mais je renonçai très vite en identifiant dans de tels scénarios des exutoires à ma colère.

Hugh était probablement à la salle de gym. Il souffrait d'une obsession pour son corps qui frisait le ridicule, mais je ne pouvais guère m'en plaindre.

Tout bien considéré, je le pouvais peut-être, maintenant qu'il cumulait une heure de retard. Qui a besoin de garder la forme à ce point ?

Un deuxième Bellini m'avait donné le vertige et une faim de loup.

— Je peux peut-être vous servir un petit *antipasto*, mademoiselle Margaux ? proposa un serveur.

J'appréciais tout particulièrement cet employé, qui se montrait toujours très aimable et ne manquait jamais de me reconnaître. Il est vrai que je fréquentais l'établissement depuis des années.

— Tout bien réfléchi, je crois que je vais commander.

Je me souviens d'une sensation de faim, puis de satiété. De mes doigts serrés autour d'une cuillère plongeant dans un dessert au chocolat raffiné. De la petite tasse d'expresso et du plateau de *biscotti*.

— J'ai mis la note sur le compte de Mme Margaux, m'informa-t-il. Ce fut un plaisir de vous revoir. J'espère que vous avez apprécié votre dîner.

— Tout était parfait.

Ou presque...

Je m'enfonçai dans la fraîcheur d'une nuit de printemps à Manhattan, seule et les joues brûlantes. D'ivresse ou d'humiliation, je n'aurais su le dire. Il faut croire que je mettais un point d'honneur à appliquer le cliché selon lequel tout le reste du monde semble nager dans le bonheur lorsque sa propre vie sentimentale s'effondre. Pourquoi fallait-il que mes yeux tombent sur ce couple qui discutait sereinement dans le parc, main dans la main ? Pourquoi fallait-il que je me trouve derrière des adolescents qui se mirent à s'embrasser avec fougue ? Croyez-moi, j'aurais pu m'en passer. Pourquoi tous les habitants de New York semblaient soudain ivres d'amour, alors que je marchais seule, bras croisés sur la poitrine ?

Mon téléphone portable sonna.

Hugh ! C'était Hugh ! Qu'allait-il donc me servir comme excuse ?

— Jane Margaux ? demanda une voix que je ne reconnus pas.

— Elle-même.

— Ici votre opérateur de téléphonie portable. Nous voudrions vous présenter notre nouvelle offre à ne pas manquer.

D'un geste sec, je refermai le clapet et laissai glisser l'appareil dans mon sac. Comme j'aurais aimé avoir l'insouciance de le jeter dans la première poubelle croisée. Mais j'étais sûre que j'aurais été prise du besoin impérieux de le repêcher, et qu'une connaissance serait passée au moment précis où je fourrageais dans les ordures. Il ne manquait plus que cette humiliation pour clore la journée.

Je déglutis avec peine, des larmes chaudes au bord des yeux. Formidable, je m'apprêtais à battre le record de pathétisme !

Je n'étais qu'une bonne à rien, sauf peut-être à éveiller ma propre pitié. Mieux valait me résoudre dès à présent à la dure réalité. J'avais trente ans passés, je travaillais avec ma mère et mon superbe « petit-ami-trop-bien-pour-moi » me posait allègrement un lapin dans notre restaurant favori. C'était ainsi, et pas autrement.

12

Michael réglait son compte à son second hot dog, appréciant l'éclosion de saveurs que provoquait chaque bouchée fondante. Il avait une de ces faims. Les crocs ! Une chance qu'il n'ait pas à se soucier de ce qu'il avalait.

De retour à New York entre deux missions, il tuait le temps, errant dans les rues au gré de ses envies, en attendant d'apprendre ce que l'avenir lui réservait. Il avait vu tous les derniers films au cinéma, arpenté les meilleurs musées, notamment le National Museum of the American Indian, et visité la plupart des petits cafés de l'île de Manhattan dans une quête obstinée du meilleur doughnut à l'ancienne. Sans oublier les cours de boxe.

Qui l'eût cru ? Au fil des années, il s'était découvert un goût pour des activités qu'il pensait très éloignées de ses centres d'intérêt. La boxe en faisait partie. Il y voyait un formidable exercice, qui avait en outre le mérite de stimuler la confiance en soi et la prise de conscience de soi-même. Sans compter que, d'une manière inhabituelle certes, cette discipline le rapprochait des autres. Parfois un peu trop...

Deux soirs par semaine, il se rendait dans un gymnase miteux au deuxième étage d'un immeuble de la 8e Rue pour apprendre d'un vieux Noir à l'haleine lourde de whisky et de menthe comment décocher des coups de poing avec un peu de technique, se protéger des attaques et approcher l'adversaire pour balancer des crochets du gauche.

Il s'était habitué à voir son nez servir de punching-ball sanguinolent aux jeunes Noirs et Hispaniques et à s'entendre appeler « pépé » par ses adversaires, qui semblaient l'apprécier, du reste. Tout le monde aimait Michael. Cela faisait partie du métier.

Il ne s'était toutefois pas encore habitué à la faim de loup qui le tenaillait à l'issue de chaque entraînement. Une faim si féroce qu'il fallait pour l'assouvir pas moins de quatre hot dogs et deux Yoo-Hoo, achetés aux chariots stationnés à tous les coins de rue de Manhattan.

Face à ses hot dogs et ses boissons chocolatées, il songeait au plaisir qu'il éprouvait à retrouver New York. Il venait juste de terminer une mission à Seattle auprès d'un petit garçon de six ans élevé par un couple d'homosexuelles. Les deux mamans du petit Sam voulaient trop bien faire : l'enfant avait trop de leçons de solfège, trop de cours d'acrobatie, trop de professeurs particuliers et trop souvent l'obligation de dire ce qu'il pensait.

Michael avait donc appris à Sam à affirmer sa personnalité en douceur. En bref, il avait aidé le petit garçon à se trouver, et une fois sa mission accomplie, bien sûr, il l'avait quitté. À l'heure qu'il était, le petit Sam ne conservait pas le moindre souvenir de son ami imaginaire. Mais c'était ainsi, il ne pouvait rien y changer.

Michael était donc, pour ainsi dire, en vacances. Il s'amusait, reluquait les passantes, faisait des tours de vélo dans Central Park, goûtait à tout. Il s'autorisait tout ce qui lui faisait envie, mangeait ce qu'il voulait sans jamais prendre un gramme et se faisait casser la gueule deux fois par semaine. Que demander de plus ?

Tandis qu'il avalait la dernière lampée de son chocolat au lait, une femme passa devant lui. Par réflexe, il la suivit des yeux, appréciant ses courbes. Rien d'exceptionnel pour lui, dont le regard était souvent attiré par les New-Yorkaises. Mais celle-ci lui donnait l'impression de rassembler tout son courage, de faire contre mauvaise fortune bon cœur. Il sourit. Cela lui rappelait la façon dont la petite Jane Margaux...

Mais...

Cette inclinaison de la tête... Cette démarche... Ce léger entrain...

La ressemblance était troublante, mais il se ravisa. Ce ne pouvait pas être la petite Jane.

Pourtant, ce balancement des bras...

Tout compte fait...

La femme jeta un regard vers lui.

Ces yeux... Ce n'était pas vrai !

C'était Jane Margaux, il n'avait plus aucun doute. Mais c'était impossible. Quoique... Peut-être pas...

Ses cheveux, plus raides, avaient conservé leur blondeur. Elle portait un manteau noir ample et une sacoche en cuir servant à la fois de serviette et de sac à main.

Michael ne la lâcha pas des yeux, bouche bée. Il peinait à le croire, mais il devait se rendre à l'évidence : c'était bien Jane Margaux. *Sa* Jane se tenait à moins de quinze mètres de lui.

D'un brusque mouvement, il s'engouffra dans le sillage de la jeune femme, attirant un regard soupçonneux du vendeur de hot dogs.

D'instinct, il la prit en filature, stupéfait de cette coïncidence. Cela ne lui était jamais arrivé. Jamais, au grand jamais, il n'avait croisé l'un de ses enfants devenu adulte.

Jane marchait d'un pas lent, perdue dans ses pensées. Il adopta la même allure, hésitant sur la suite à donner à cette étrange circonstance. Il ne savait plus quoi faire, dire ou penser.

Au coin de la 6ᵉ Avenue et de la 8ᵉ Rue, Jane héla un taxi. Aussitôt, une voiture jaune se gara le long du trottoir. Elle trottina quelques pas et grimpa dans le véhicule, tirant la portière derrière elle. Michael resta en retrait. Il savait ce qui lui restait à faire : laisser filer Jane Margaux et classer cette rencontre au registre des drôles de hasards.

Cependant, il arrêta le taxi suivant avec de grands signes et, une fois à l'intérieur, prononça une phrase qu'il avait toujours rêvé dire.

— Suivez ce taxi !

Suivez Jane !

Il ne devait pas la perdre de vue.

13

Sans se faire prier, le chauffeur écrasa la pédale d'accélérateur, propulsant contre le siège la tête de Michael, qui peinait à se remettre de ses émotions. Pourquoi avait-il croisé l'un de ses protégés devenu adulte ? Rien de tel ne lui était jamais arrivé auparavant, alors pourquoi cela se produisait-il maintenant ? Devait-il trouver une signification à cette rencontre inattendue ? Il ferma les yeux pour prononcer une prière silencieuse qui, comme toujours, demeura sans réponse. Voilà au moins un domaine qui le confondait avec le commun des mortels : il avait été envoyé ici-bas pour une raison, et il n'était pas capable de comprendre laquelle. Cependant, plus il y restait, plus il se sentait « humain ». Devait-il déceler quelque indice dans cette tendance ? Était-ce une évolution souhaitable pour un ami imaginaire ?

Dans le fond, que savait-il sur lui-même ? Pas autant qu'il aurait voulu, c'était certain. Sa mémoire restreinte du passé ne lui permettait de se souvenir que de visages flous et de moments indistincts. Depuis combien de temps exerçait-il cette profession et combien d'enfants avait-il pris sous son aile ? Il n'en avait aucune idée. Ce qu'il savait, en revanche, c'était qu'il aimait ce qu'il faisait, sauf peut-être un jour par mois. Il restait généralement auprès d'un enfant entre quatre et six ans, après quoi il devait partir, indépendamment de sa volonté ou de celle de son jeune ami. Il se voyait alors accorder une petite pause, une sorte de congé sabbatique, comme à présent. Puis, un jour, il se réveillait dans une autre ville et partait à la rencontre du prochain ou de la prochaine, qu'il trouvait toujours par instinct. D'un point de vue pratique, tous ses besoins matériels se trouvaient satisfaits. Il n'était ni tout à fait homme, ni tout à fait ange. Il n'était qu'un ami, ce en quoi il excellait.

Le taxi de Jane remonta la 6ᵉ Avenue à toute allure, tourna à droite sur Central Park South puis vira à gauche pour rejoindre Park Avenue.

Oh, Jane, non ! Ne me dis pas que tu vis encore chez ta mère !

Il grimaça, de moins en moins convaincu que cette petite filature soit une bonne idée. Il n'avait pas oublié Vivienne Margaux, son ego surdimensionné et sa personnalité truculente. Son rôle de mère se résumait à peu près à passer le dimanche après-midi avec Jane, en lui faisant parfois claquer un baiser sur la joue. Jamais elle n'avait daigné accompagner sa fille à l'école, à un bloc et demi de leur domicile.

Michael poussa un grognement lorsque le taxi de Jane s'arrêta devant le numéro 535, mais soupira de soulagement en constatant que la jeune femme ne descendait pas du véhicule, se contentant de tendre deux enveloppes en papier kraft par la vitre arrière.

Le portier de l'immeuble porta la main à son chapeau avec un grand sourire et s'approcha pour attraper les plis. Les coins des lèvres de Jane remontèrent, égayant un peu sa mine triste. Elle prit congé en tapant dans la main du portier, puis ordonna à son chauffeur de repartir.

L'instant d'après, le taxi redémarrait sous le regard rassuré de Michael. Au moins Jane ne vivait plus chez Vivienne.

La voiture s'arrêta quelques blocs plus loin, au coin de la 75ᵉ Rue, où un portier se précipita pour ouvrir la portière.

Michael tendit un billet de vingt dollars à son chauffeur sans quitter des yeux Jane, qui ramassait sa sacoche et pliait son manteau noir sur son bras.

Elle était tout simplement éblouissante. Très adulte, très séduisante aussi. Jamais il n'aurait imaginé voir un jour la petite Jane Margaux sous cette apparence. Une apparence de femme. Elle gratifia d'un sourire chaleureux le portier, qui le lui rendit. Somme toute, elle était restée la Jane qu'il avait connue. Toujours gentille et amicale. Toujours prête à offrir un sourire.

Il se posta derrière une énorme jardinière en ciment, conscient du ridicule de la situation. Il avait passé l'âge de jouer à l'espion, mais une force irrésistible lui imposait de rester.

— M. McGrath est passé, déclara le portier. Il m'a chargé de vous dire qu'il manquerait probablement le dîner de ce soir.

— Merci, Martin. Il a finalement réussi à se libérer, répondit Jane en se mordant la lèvre.

Le portier s'immobilisa, la main sur la poignée de la lourde porte vitrée du hall d'entrée.

— Il n'est pas venu, n'est-ce pas, Miss Margaux ?

Elle soupira.

— Non, Martin.

— Miss Margaux, vous connaissez mon avis sur la question.

— Je sais, oui. Je suis une cruche. Une vraie imbécile.

— Non, Miss Margaux, corrigea-t-il. Sauf votre respect, c'est M. McGrath l'imbécile. Vous méritez mieux que lui.

Toujours derrière le pot de fleurs, Michael approuvait pleinement, furieux d'apprendre qu'un homme avait osé faire faux bond à Jane. Car il était désormais certain qu'il s'agissait bien de la petite fille qu'il avait quittée des années plus tôt. Il aurait identifié sa voix en toute circonstance. Une voix certes plus mûre et profonde que celle dont il se souvenait, mais tout de même reconnaissable entre toutes. Après tant d'années, Jane Margaux subissait encore le peu d'égard de son entourage. Tous s'obstinaient à la délaisser, à ne pas la traiter comme elle le méritait. Rien n'avait donc changé ? Comment quelqu'un pouvait-il supporter de faire souffrir cette perle ?

Non sans honte, Michael dut reconnaître qu'il faisait partie de ceux qui l'avaient déçue. Certes il lui avait donné du chagrin, mais il n'avait alors pas eu le choix. Il n'y pouvait rien, *nada*, que dalle. Et puis, elle l'avait oublié le lendemain, son implication dans les malheurs de Jane était donc minime. On ne pouvait pas en dire autant de ce crétin de McGrath.

Mais pourquoi avait-il croisé Jane vingt-trois ans plus tard ?

Elle avait disparu dans le bâtiment, à présent. Soudain, Martin le portier se dressa de toute sa hauteur devant la jardinière, posant sur Michael un regard suspicieux.

— Puis-je vous aider, monsieur ?

Michael se releva avec une grimace.

— Non, merci. Je ne crois pas. J'y vais de ce pas.

— Oui, monsieur. Vous ferez bien.

14

Après l'université, ma mère avait tout fait, sauf peut-être se jeter en travers de la porte, pour me dissuader de quitter le nid familial.

— Déménager? Mais enfin, cela n'a pas de sens! Pourquoi diable voudrais-tu déménager? Raoul est là. *Je* suis là. Jane-Chérie, avec moi, Raoul et le traiteur chinois de Lexington Avenue, tu as tout ce que tu pourrais souhaiter.

Oui, mère. Tout, sauf de l'intimité, une vie et, peut-être, toute ma tête.

— Tu n'arriveras à rien sans moi! avait-elle insisté. Qui t'aidera à choisir tes vêtements? T'empêchera de faire des entraves à ton régime? T'aidera dans ta vie amoureuse presque inexistante? À propos, mon amie Tori m'a donné le numéro de téléphone de son cousin. Je crois vraiment que tu devrais l'appeler, c'est un chirurgien des oreilles très réputé. Mais, Jane-Chérie...

Il n'en avait guère fallu plus pour me convaincre.

Lorsque les déménageurs emportèrent ma coiffeuse Biedermeier, Vivienne dut admettre sa défaite... partielle. Elle avait perdu une bataille, pas la guerre.

— Nous allons essayer quelques mois, Jane-Chérie, proposa-t-elle. Lorsque tu finiras par te rendre à l'évidence, tu pourras toujours sous-louer ton appartement et revenir.

Je m'étais alors juré de ne jamais revenir chez ma mère. Même si je venais à haïr mon nouveau chez-moi, même si je devais m'endormir seule en pleurant sur mon oreiller tous les soirs. Dans le pire des cas, ce serait toujours *mon* appartement et *mon* oreiller. Personne n'entrerait sans prévenir pour me demander quelles boucles d'oreilles étaient assorties à telle ou telle tenue.

Vivienne avait donc résolu de faire contre mauvaise fortune bon cœur. À sa manière. Profitant de mon absence pendant deux semaines pour le travail, elle s'était lancée dans la décoration de tout l'appartement. En rentrant dans l'intimité de mon petit havre de paix, j'avais donc découvert une chambre et un salon dans les tons blanc sur blanc, à l'image des siens. La cuisine, que j'utilisais seulement pour réchauffer des plats préparés, rivalisait avec celle d'un restaurant, avec sa cuisinière professionnelle, ses étuves, ses deux lave-vaisselle et son réfrigérateur Sub-Zero, dont la porte vitrée ne révélait à présent qu'un triste pot de yaourt 0 %.

Trop submergée par le travail pour prendre la peine de réaménager, je m'étais contentée d'ajouter une petite touche personnelle : un portrait de famille représentant ma mère, mon père et moi au pied du Parthénon. Cette photographie prenait une valeur particulière à mes yeux, car nous y souriions tous. Avions-nous été aussi heureux en famille, ne serait-ce que ce jour-là ? Que cet instant ? J'aimais à le croire.

J'avais donc accroché mon souvenir d'enfance dans l'entrée. Lors de sa visite suivante, ma mère l'avait aussitôt repéré. Avec une moue dédaigneuse, elle avait habilement tenté de me faire revenir à la raison.

— Si je te donne un de mes dessins de Picasso de moindre valeur, accepteras-tu de le pendre à la place de cette horreur sentimentale ?

Chaque fois que je rentrais chez moi, cette pomme de discorde ne manquait jamais de m'arracher un sourire.

Mais pas ce soir.

Un peu grisée par les cocktails de Babbo, blessée par le perpétuel manque de prévenance de Hugh, envahie par un sentiment de culpabilité à l'idée d'avoir trop mangé, j'allumai la lumière de l'entrée et regardai la joyeuse famille devant le Parthénon sans que cela ne produise le moindre effet sur mon humeur massacrante.

Le répondeur de ma chambre m'indiqua que j'avais trois messages.

J'appuyai sur le bouton « Lecture ». *Allez, Hugh, fais-toi pardonner. Dis-moi que tu es à l'hôpital. Réconforte-moi.*

« Jane-Chérie. Où es-tu encore passée ? Je suis sûre que tu m'écoutes. Décroche, trésor. Allons, décroche. Je viens d'avoir une idée brillantissime... »

Je pressai le bouton « Effacer » pour passer au message suivant.

« Ceci est un rappel du magazine *The Week*. Votre abonnement gratuit de six mois... »

« Effacer. »

Le dernier message avait été laissé par ma camarade de chambre à l'université.

« Jane, c'est Colleen. Tu es assise ? »

Bonne idée. Je me laissai tomber sur le bord de mon lit et enlevai lentement mes chaussures.

« Tiens-toi bien. Je t'appelle pour t'annoncer une nouvelle plutôt inattendue : je me marie ! Tu sais, après mon divorce avec Dwight, je pensais ne jamais rencontrer personne d'autre, ou même le vouloir, mais Ben est formidable. Vraiment. Croix de bois, croix de fer ! Attends un peu de le rencontrer. Il n'a jamais été marié et il est avocat, ici, à Chicago. La cérémonie est prévue pour le 12 septembre et je te veux absolument pour demoiselle d'honneur. J'essaierai de te rappeler demain. J'espère que tout va bien de ton côté. Je t'adore, Jane. Oh, au fait, je me suis remise à écrire des nouvelles. Hip hip hip ! »

Hourra ! Colleen avait toujours voulu écrire de la fiction et élever une famille, et aujourd'hui lui était donnée une nouvelle chance de réaliser ses rêves. Il y avait en effet de quoi pousser des hourras. J'étais heureuse pour elle, de tout mon être. Sauf peut-être une petite part...

Je passai dans la salle de bains pour retirer mon fard à paupières et mon mascara avec des petits cotons ronds non gras et hypoallergéniques. Puis je me lavai le visage avec du savon à l'amande Caswell-Massey, acheté sur les conseils de ma mère.

— Si c'était bon pour Jackie Kennedy, ce sera bon pour toi, avait-elle décrété.

Je me mis ensuite au lit, mon ordinateur portable sur les genoux. Je devais dresser une liste de remarques relatives aux contrats pour mon film et l'envoyer à l'avocat de Vivienne dans la nuit. Il pourrait alors élaborer une proposition officielle, sous forme juridique, à soumettre à Karl Friedkin.

Une heure plus tard, j'éteignais mon ordinateur. J'étais trop fatiguée pour avoir les idées claires, au point de douter d'avoir fourni une base de travail exploitable à l'avocat. Je sortis du lit et traversai l'appartement silencieux à pas feutrés jusqu'à la cuisine, où je me servis un verre d'eau spécialement importée de Suède par Vivienne. J'en bus plusieurs gorgées, mais déjà mes doigts fourmillaient d'envie. Cédant à l'irrésistible tentation, j'abandonnai mon verre.

Jane, sois forte.

Je m'avançai jusqu'au placard sous le grand évier rectangulaire et tendis la main vers la poignée.

Non, Jane, pas ça.

Mais les portes s'ouvraient déjà devant moi.

Attention, tu es au bord du gouffre. Éloigne-toi, il est encore temps.

Je m'agenouillai. Une position appropriée pour rendre un culte, comme je m'apprêtais à le faire.

Derrière les tampons Jex, le nettoyant à vitres Windex et la crème à récurer Soft Scrub reposait ma boîte secrète d'Oreo, dont le couvercle arborait l'inscription : « En cas d'urgence uniquement. »

Jugeant que cette soirée entrait dans la catégorie des situations extrêmes, je m'autorisai quatre petits gâteaux, que je dégustai religieusement, savourant chaque miette, chaque alliance parfaite de biscuit chocolaté croquant et de crème onctueuse.

Mon rituel terminé, je retournai me coucher… avec deux Oreo de plus dans la main.

Évidemment, mes provisions étaient épuisées avant que je pose la tête sur l'oreiller.

15

L'appartement de Michael se trouvait dans SoHo, l'un de ses quartiers préférés à New York, et l'un de ses quartiers préférés tout court. Comme tout le monde, il jouissait d'un certain libre arbitre et effectuait lui-même la plupart de ses choix. Sa seule contrainte se résumait à son travail, sa mission : être l'ami imaginaire d'enfants. Le boulot ne lui déplaisait pas, au contraire. Il lui arrivait même parfois de s'exclamer tout haut : « J'aime mon travail ! »

Toutefois, il appréciait aussi les congés entre deux missions et deux enfants. Comme il lui était impossible de connaître à l'avance la durée de ses vacances, il avait appris à profiter à fond de chaque jour, à vivre le moment présent en suivant toutes ces belles maximes dont les gens raffolent, en particulier à la télévision, mais qu'ils ont souvent beaucoup de mal à mettre en pratique.

Ce soir-là, il regagna son immeuble de grès brun aux environs de 23 heures, totalement ébranlé par sa rencontre avec Jane. La voir adulte lui avait causé un choc terrible. *Jane Margaux. Qui l'eût cru ?*

Il commença lentement l'ascension des quatre étages le séparant de son appartement. Au niveau du deuxième palier, il perçut le bourdonnement d'une musique rock et des vibrations à travers les marches. Immédiatement, il devina que ce boucan provenait de l'appartement d'Owen Pulaski.

Michael ne savait que penser d'Owen Pulaski, une andouille d'homme-enfant d'une insouciance frisant le je-m'en-foutisme. Il devait reconnaître que le bougre était plutôt sympathique et extraverti. Toujours prêt à aller à la rencontre des autres. Justement, lorsque Michael atteignit le quatrième étage, son voisin accueillait deux jeunes femmes sur le pas de sa porte. Les deux invitées, des créatures grandes et sveltes d'une beauté inhumaine, riaient aux éclats à une remarque de leur hôte. Grand gaillard d'un mètre quatre-vingt-douze, Owen arborait un sourire de gamin que Michael aurait qualifié de « presque irrésistible ».

— Mikey, viens faire la fête ! l'invita-t-il. Et je t'interdis de me dire non, je le prendrais comme un affront personnel.

— Merci, mais je suis claqué ce soir.

Mais déjà Owen l'avait rattrapé, passant un bras autour de son épaule.

— Je te présente Claire de Lune et Cindy Two, reprit-il en inclinant la tête en direction des deux canons. De brillantes étudiantes de Columbia, si ma mémoire est bonne, qui font des extras comme sublimes mannequins. Mesdemoiselles, je vous présente Michael, un type génial, chirurgien au New York Hospital.

— Je ne suis chirurgien nulle part, corrigea Michael tandis que son voisin l'entraînait dans l'appartement plein à craquer, bruyant et surchauffé.

— Salut, sourit la grande brune qu'Owen avait appelée Claire de Lune. Je suis Claire, Claire Parker. Mais tu connais Owen...

Michael transforma sa grimace en une moue s'approchant du sourire.

— Enchanté. Tu vas bien ?

70

— Pas vraiment, mais je t'épargnerai les détails. Nous venons de nous rencontrer, je ne vais pas commencer à t'ennuyer avec mes histoires.

Michael devina que derrière ce corps de rêve se cachait une fille tourmentée. Or il n'avait jamais rencontré une âme esseulée ou déprimée qu'il n'ait envie de tenter de secourir d'une façon ou d'une autre. Fallait-il voir dans ce penchant un malheureux défaut ou un vice de fabrication ? Il n'en avait pas la moindre idée et avait cessé de s'inquiéter de ce qui échappait à son contrôle. De manière générale, du moins.

— Non, au contraire. Je suis tout ouïe, ne put-il s'empêcher de répondre.

— Bien sûr, ironisa-t-elle.

Quelqu'un passa pour leur mettre un verre dans la main.

— C'est vrai que la gent masculine adore écouter nos problèmes, rit-elle. Nos sentiments les plus profonds et le reste...

— Moi, oui. Discutons un peu, si tu veux.

C'est ainsi que Michael se retrouva à écouter la vie de Claire Parker pendant une bonne heure, dans un recoin du couloir menant à la cuisine d'Owen. La jeune femme était tiraillée entre son désir de devenir professeur, une activité à laquelle devaient la mener ses études universitaires, et l'argent facile que lui procuraient ses séances de mannequinat pour l'agence Ford.

Au bout d'un moment, elle plongea les yeux dans les siens avec un doux sourire.

— Michael, même si tu n'es pas chirurgien et que je ne suis pas Claire de Lune, que dirais-tu de venir chez moi ? Ma colocataire est en shooting photo à Londres et mon chat n'est pas du genre jaloux. Alors ? Ne refuse pas, s'il te plaît...

16

Pour être honnête et franc, ce n'aurait pas été une première fois pour Michael de se laisser tenter par une telle proposition. La plupart du temps, ce genre de rencontre se produisait pendant ses congés, mais il arrivait qu'il s'autorise des extras pendant le travail. Après tout, il était libre de ses choix. Il avait une vie, lui aussi, et ne restait pas indifférent à la beauté.

— En fait, j'habite juste en face, répondit-il.

Michael sous-louait l'appartement d'un professeur d'anthropologie à l'université de New York, parti en Turquie pour le semestre, un endroit relativement bien rangé et joliment meublé. Il avait le chic pour toujours trouver de beaux appartements, un autre avantage du métier.

— À ton tour de me raconter, déclara Claire en se pelotonnant sur le canapé.

Elle replia ses longues jambes sous elle sans prendre la peine de tirer sa jupe pour recouvrir ses genoux, puis tapota le coussin à côté d'elle.

— Viens t'asseoir et dis-moi tout, l'invita-t-elle, attendant qu'il soit installé pour lui passer un doigt caressant sur la joue. Qui est-ce ? Qu'est-il arrivé ? Pourquoi es-tu libre ? Enfin, si tu l'es...

Michael rit. De lui, surtout.

— C'est drôle que tu poses la question. Il y avait bien quelqu'un, en quelque sorte... J'ai perdu sa trace il y a très longtemps et, ce soir, je crois l'avoir retrouvée. Enfin, plus ou moins. C'est un peu compliqué…

— Ça l'est toujours, observa Claire avec un large sourire. Mais moi aussi je suis tout ouïe et nous avons toute la nuit devant nous. Tu as du whisky ? Ou autre chose ?

Par bonheur, il était en mesure de lui proposer du bon vin, des bouteilles de la réserve personnelle du professeur d'anthropologie, qu'il ne manquerait pas de remplacer avant de quitter l'appartement. Il déboucha un Caymus, puis un ZD, laissant la conversation avec la charmante Claire de Lune les entraîner tous deux jusqu'aux petites heures du matin. À 4 heures, ils finirent par s'endormir enlacés, tout habillés. Et c'était très bien comme cela. Parfait, même.

Le matin, en bon gentleman, Michael prépara à Claire un petit déjeuner composé de pain complet et d'œufs, s'enorgueillissant de sa sélection de café de la semaine : un Kona cultivé sous toile. Au moment de partir, Claire passa un bras autour de ses épaules. Elle mesurait presque la même taille que lui.

— Merci, Michael. J'ai passé une merveilleuse nuit, dit-elle en se penchant pour lui déposer un baiser sur les lèvres. Elle a beaucoup de chance.

— Qui ? demanda-t-il, confus.

— Jane. Celle dont tu m'as parlé hier soir, à la seconde bouteille, précisa-t-elle avec un sourire résigné. Bonne chance avec elle.

17

À 7 h 15, je pénétrai dans les bureaux de ViMar Productions. J'avais beau être la fille de la patronne, j'étais la première au travail ce jour-là. À l'exception, peut-être, du garçon affecté au courrier, un jeune danseur de claquettes britannique que je soupçonnais de vivre sous la table de tri.

Il était 4 heures du matin à Los Angeles, je ne pouvais donc qu'y envoyer des courriers électroniques ou laisser des messages vocaux. En revanche, midi avait déjà sonné à Londres, ce qui m'autorisait à contacter Carla Crawley, la directrice de production de la compagnie londonienne du *Ciel soit loué*. Ma pièce de théâtre avait connu un succès encore plus retentissant de l'autre côté de l'Atlantique. Décors, acteurs... La capitale britannique offrait, en tout point, une qualité supérieure.

— Jane, vous tombez bien ! Nous avons un petit souci : la nouvelle comédienne que nous avons choisie pour le rôle ne plaît pas à Jeffrey.

Jeffrey Anderson était la star anglaise qui incarnait Michael.

— Il dit qu'il n'arrive pas à établir d'aussi bons rapports qu'avec la précédente. Mais, croyez-moi, Jane, cette petite est brillante. Elle joue à fendre le cœur. Et le meilleur dans tout ça, c'est qu'elle a onze ans, mais en fait huit, elle peut donc *parler.*

— Écoutez, appelez l'agent de Jeffrey et suggérez-lui de relire le paragraphe de son contrat stipulant qu'il est en devoir de donner la réplique à un singe à trois pattes si tel est notre bon plaisir.

— Je passerai le message, Vivienne junior, gloussa Carla Crawley.

Un frisson rampa le long de ma colonne vertébrale.

Vivienne junior ? Oh mon Dieu, tout mais pas ça !

18

À 9 heures tapantes, mon assistante personnelle, MaryLouise, se présenta dans mon bureau. Aussi franche que sarcastique, MaryLouise s'exprimait avec un accent du Bronx d'une intensité et d'une ténacité sans égales de ce côté du Throgs Neck Bridge.

— Bonjour, Janey, me salua-t-elle en laissant tomber sur ma table de conférence une pile de lettres et de billets répertoriant mes appels téléphoniques. Vous avez encore été élue « Employée du mois ».

— Bonjour. Oui, je sais. Pitoyable au possible, non ? Et surtout, ne vous sentez pas obligée de répondre.

Je me plongeai dans la lecture des messages pour les classer en trois tas : les « incendiaires, à éteindre d'urgence », les « chauds bouillants, à surveiller de près » et les « glaciaux, à traiter en cas de crise de maso-chisme aiguë seulement ».

— Au fait, les lumières ne sont pas encore allumées dans le bureau de Godzilla, remarqua MaryLouise en faisant claquer son chewing-gum dans sa bouche.

— Vous savez bien que Vivienne se fait retoucher les cheveux chez Frédéric Fekkai tous les mardis matin.

— Vous m'en apprenez une ! Ce jaune néon avec des nuances rosées n'est donc pas naturel ? s'esclaffa-t-elle. Café ?

Avant que je puisse répondre, j'entendis deux voix, reconnaissables entre toutes, dans le couloir : ma mère et Hugh. Mon cœur se serra.

— Mon Hugh adoré, babillait Vivienne avec ce ton de fillette qui me donnait des boutons. Où étais-tu lorsque je cherchais mon mari numéro trois ?

Probablement à l'école primaire.

L'instant d'après, ma mère se dressait devant moi. À côté d'elle, Hugh brandissait un bouquet de roses blanches dont j'estimai la valeur aux environs de deux cents dollars.

— Regarde qui j'ai amené : sans doute le plus bel homme de New York, annonça-t-elle en se penchant par-dessus mon bureau pour me donner ma bise du matin.

Elle n'avait pas tout à fait tort. Avec ses cheveux blonds ébouriffés, son jean délavé et son sweat-shirt à capuche gris, il incarnait le parfait premier rôle. Pas de doute, Hugh était ce qu'on appelle un « beau mec ». Beau comme un dieu. Et dire qu'il m'appartenait... En théorie, du moins.

— Je suis désolé, Jane. Terriblement désolé, commença-t-il d'une voix à laquelle il réussit à insuffler un semblant de crédibilité et de sincérité.

Fort tentée de lui faire la tête au carré, je décidai de la jouer cool.

— Pourquoi ? demandai-je, sourcils levés.

— Pour hier, bien sûr. Tu te fiches de moi ? Je n'ai pas pu venir chez Babbo.

— Aucune importance. Cela m'a permis de rattraper mon retard au travail devant un excellent dîner.

— J'avais oublié que j'avais une partie de squash.

— Pas de problème. Je sais que tu ne peux pas vivre sans le squash.

Pas tout à fait... C'était plutôt sans les miroirs qu'il ne pouvait pas vivre.

MaryLouise le débarrassa du bouquet.

— Je vais chercher une piscine pour les mettre.

Après des raclements de gorge éloquents et des roulements d'yeux lourds de sous-entendus, ma mère, qui aurait pu à cet instant passer pour une enfant de dix ans, quitta enfin la pièce derrière mon assistante. En voyant Hugh verrouiller la porte sur elle, je fronçai les sourcils. Que mijotait-il ? Il me prit par les épaules et m'embrassa. Je me laissai plus ou moins faire, ce qui finit par me mettre en fureur contre moi-même. Après cela, même les Abrutis Anonymes m'auraient claqué la porte au nez. Mais Hugh embrassait tellement bien, avec son beau regard « personnel et confidentiel » et ce nuage de parfum Hermès vaporisé sur son cou et ses clavicules.

— Je suis sincèrement désolé, Jane.

Il passa une main dans mon dos, la laissant filer le long de ma colonne vertébrale avec un sourire craquant.

— Tu sais que je t'aime, n'est-ce pas ?

Sa voix transpirait la passion, son regard hurlait la sincérité. Était-il possible qu'il dise la vérité ?

Il se pencha en avant pour égrener des baisers le long de mon cou. Une vague de chaleur s'empara de moi. Je me sentais en sécurité, comme avec Michael. Mais bon sang, que me prenait-il de penser à Michael ?

Je m'efforçai de ramener mes pensées vers Hugh, en train de fureter dans mon cou. Hugh, l'homme si beau que c'en était ridicule, le charmeur, le romantique... quand il le voulait.

Soudain, un détail important me revint à l'esprit.

Hugh, le comédien.

19

Michael n'avait jamais rien fait de tel, ni rien qui s'en approche. Pourtant, ce matin-là, il suivit Jane lorsqu'elle sortit de chez elle, veillant à respecter une distance de sécurité, histoire de ne pas passer pour un pervers. Il la fila jusqu'à un immeuble de bureaux sur la 57ᵉ Rue Ouest sans trop savoir ce qu'il faisait, seulement certain du sentiment de nécessité qui le poussait. Au premier regard, il reconnut l'édifice qui avait abrité, et abritait manifestement toujours, la société de production de Vivienne. *Oh, Jane, n'entre pas ! Pas dans l'antre de la méchante sorcière du West Side ! Ne tombe pas dans le piège de sa magie noire !*

En dépit de ses incantations, Jane poussa la porte du bâtiment.

Malgré lui, il l'imita. *Qu'est-ce que tu fous ?* manqua-t-il de s'exclamer tout haut. Il ferait mieux de déguerpir, et tout de suite. D'arrêter cette folie immédiatement.

Mais il n'en fit rien, tout simplement incapable de rebrousser chemin. Au vu des plaques dans l'entrée, Vivienne réussissait mieux que jamais. ViMar Productions occupait désormais deux étages entiers du bâtiment. Il imagina la sorcière au faîte du succès, plus maléfique que jamais.

Jane traversa le hall en saluant de la main une bonne demi-douzaine de personnes, qui lui répondaient par un geste, un sourire ou quelques mots. Michael fut frappé de constater qu'elle n'avait pas vraiment changé : en dépit des coups encaissés, elle demeurait amicale, chaleureuse et, d'évidence, appréciée de tous ceux qui la connaissaient. Tous sauf l'imbécile qui lui avait posé un lapin la veille au soir.

Lorsqu'elle eut disparu dans l'ascenseur, il regarda les étages défiler jusqu'à « 24 » en une poignée de secondes.

Ce fut à cet instant qu'il prit la décision fatidique d'attendre Jane, sans être plus renseigné sur les motifs qui le décidaient à s'exécuter. Tenterait-il au moins de lui parler ? Pour le moment, il rêvait juste d'aller déguster un beignet recouvert de glaçage au Dunkin' Donuts, à un bloc de distance.

Après sa pause sucrée, il retourna rôder devant le siège de ViMar Productions. Il se sentait ridicule, mais n'arrivait pas à s'éloigner de l'immeuble. Aux environs de 12 h 15, les portes de l'ascenseur s'ouvrirent enfin sur Jane. Jane, et un très beau type qui la tenait par la taille. En la voyant repousser le bras de son compagnon, Michael devina qu'il s'agissait du fameux nullos. McGrath.

Jane et McGrath sortirent par la porte principale, Michael sur leurs talons. Après tout, il ne risquait rien : même si elle venait à jeter un coup d'œil par-dessus son épaule, elle n'avait aucune chance de le reconnaître. Elle l'avait oublié le soir de son départ, vingt-trois ans plus tôt. C'était la règle. Affectant la nonchalance, il les suivit d'assez près pour saisir des bribes de leur conversation. La discussion tournait autour d'une pièce de théâtre, certainement l'une des nombreuses productions de Vivienne.

— *Le ciel soit loué* représente une chance unique pour moi, or je n'ai pas l'impression que tu prennes cette pièce au sérieux, déclara McGrath.

En fait, il gémissait.

— Faux, Hugh, répliqua Jane. Comment peux-tu dire ça ? Tu sais combien *Le ciel soit loué* compte pour moi.

Hugh ! Ce type s'appelait Hugh ! Mais qu'avait-elle dans le crâne ? Ne jamais se fier à un Hugh ! *Sa* Jane sortait avec un homme qui portait le prénom le plus ridicule de la planète. Une onomatopée ! Hugh, hugh, hugh ! Il ne manquait plus que le cri de Tarzan. Jane et Tarzan...

Secouant la tête, il pénétra à leur suite dans le Four Seasons et se dirigea vers le bar, où il commanda un Coca en regardant un serveur escorter le couple jusqu'à une table. L'idée de prendre Jane en filature, si mauvaise fût-elle, tournait à présent au cauchemar.

Il surveilla leur table à l'autre bout du restaurant avec une irritation croissante. Pendant tout le repas, Hugh parla et Jane écouta. Lorsqu'il ne la sermonnait pas, ce sale type jouait de son charme, serrait la main d'un directeur éditorial, tombait dans les bras d'un présentateur de talk-show, pontifiait devant la carte des vins. Que pouvait-elle bien trouver à ce naze ?

Au moment où ils entamaient leur plat, une créature rachitique tout droit sortie des *Misérables* s'approcha de leur table et, s'excusant de les importuner, tendit un papier et un stylo à Hugh. Michael devait-il comprendre que ce type était connu ? Un acteur doublé d'un mannequin ? Un présentateur météo ? Le héros de *Saw II* ou quelque chose de ce goût ?

La star se leva. Charmant. Aguichant. Écœurant. Michael n'en croyait pas ses yeux. Le rouge montait au cou et au visage de Jane, mal à l'aise au possible, mais McGrath ne semblait même pas s'en apercevoir.

Incapable d'en supporter davantage, il régla sa boisson et laissa Jane à son Hugh. Il ne savait pas ce qu'elle faisait, mais après tout c'était une grande fille. Si elle

81

recherchait une relation aussi inepte et superficielle, alors peut-être Hugh et elle étaient-ils faits l'un pour l'autre.

20

Pendant que Hugh flirtait avec un mannequin odieusement joli et pathologiquement maigre qui avait vu *sa* pièce quatre fois, je fis mine d'étudier la carte des desserts. C'était triste à dire, mais je la connaissais par cœur. *Pitié, aidez-moi !* implorai-je en mon for intérieur. À cet instant précis, j'aurais tué pour un morceau de dôme au chocolat.

Mais je ne devais pas craquer, et je ne craquerais pas. Je ne le pouvais vraiment vraiment pas. *Sors-toi cette folie de la tête, Jane.* De toute façon, je devrais bientôt retourner au travail pour une réunion de pré-production du *Ciel soit loué.* Il s'agissait aujourd'hui de présenter notre investisseur potentiel, Karl Friedkin, à une partie de l'équipe de création : le directeur de casting, le créateur de costumes et le décorateur de plateau. *Pas de dôme au chocolat pour toi !* m'interdis-je sévèrement. *Pavas dave davôme avau chavocavolavat pavour tavoi !*

Je réglais la note salée de notre déjeuner lorsque Hugh prit enfin congé de sa fan squelettique transie d'amour avec un baiser aérien.

— Ça ne t'ennuie pas si je ne te raccompagne pas, Jane ? me demanda-t-il. Je dois faire un tour à la salle de sports.

Sans même en avoir conscience, il s'était mis à se pomponner face au miroir au-dessus du bar, caressant une joue parfaitement lisse, s'inspectant sous tous les angles. Peut-être histoire de me rappeler que mon visage à moi ne présentait aucun angle, de quelque côté qu'on le regarde.

— Non, pas du tout, Hugh. Vas-y.

Je ne mentais pas. Moins il en saurait sur le développement de mon projet cinématographique, mieux je m'en porterais. Hugh était persuadé qu'avoir joué le rôle à Broadway faisait de lui le premier choix pour incarner Michael à l'écran, une opinion partagée par ma mère. Tous deux exerçaient donc de terribles pressions sur moi pour que je l'engage d'office, ce à quoi je me refusais de tout mon être. Hugh ne convenait pas aux gros plans, il n'était tout simplement pas l'acteur qu'il fallait. Et encore moins Michael.

Il m'embrassa sur la joue, se rappelant à l'ultime seconde de me donner un vrai baiser plutôt que de faire claquer ses lèvres dans le vide.

— À plus, bébé.

Sur ce, il disparut avec son sourire et son bronzage rutilants, plus mielleux que toute une ruche d'abeilles.

Réprimant avec fermeté mon envie de commander un morceau de *gavâtaveau* à emporter, je rejoignis d'un pas pressé mon bureau de la 57e Rue, où j'arrivai pile à l'heure. Du Jane tout craché. Les présentations faites, je commençai la réunion. Au bout de quelques phrases, la nervosité me quitta et je réussis à me sentir presque totalement aux commandes.

— Nous sommes tous enthousiastes du tour que prennent les choses, déclarai-je, encouragée par l'attention soutenue de mon auditoire. Un réalisateur de premier rang est sur le point de rejoindre notre équipe. Nous devrions obtenir le feu vert officiel du studio d'ici à la fin de la semaine.

Toute la salle éclata d'applaudissements spontanés qui me réchauffèrent le cœur. Je savais que ce projet comptait bien plus pour moi que pour mon équipe créative, pour des raisons évidentes, mais j'appréciais son enthousiasme et son soutien.

La porte de la salle de conférences s'ouvrit à la volée.

— Inutile d'applaudir, intervint Vivienne d'une voix doucereuse. Je vais juste m'asseoir sagement ici et écouter. Allez, Jane-Chérie, poursuis.

Le cœur serré, je raidis les épaules et décidai avec résolution de continuer, même si je savais qu'il y avait autant de chances que ma mère reste assise en silence que l'impact d'une étrange comète sur notre planète fasse fondre la cellulite de tous ses habitants. Ce serait formidable, mais c'était tout bonnement impossible.

— J'aimerais parler des décors, repris-je. Clarence ? Qu'en penses-tu ?

— Je pense que nous allons devoir construire la réplique exacte de l'Astor Court.

— En fait, j'espérais que nous pourrions tourner directement sur place, au St Regis, répondis-je. Autant par souci d'économie que par souci de réalisme. Est-ce envisageable, d'une façon ou d'une autre ?

— Si je puis me permettre, Jane-Chérie, je crois que nous devrions construire le décor, s'immisça ma mère. Cela nous donnera plus de contrôle sur les angles de caméra et l'éclairage.

C'était, bien sûr, une remarque très pertinente. Dans l'auditoire, les hochements de tête se multiplièrent. Personne ne contredisait jamais Vivienne.

Le costumier prit alors la parole.

— Selon moi, la petite fille devrait toujours porter du blanc lorsqu'elle se trouve au St Regis avec son ami imaginaire.

De fait, le blanc rendrait parfaitement l'idée de l'innocence de l'enfance.

— Oui, cela semble une bonne idée, commentai-je. D'autant que c'est une couleur que la petite fille réelle portait.

Vivienne ne put résister à la tentation de s'insinuer à nouveau dans la discussion.

— Jane-Chérie, n'oublie pas que ce n'est pas un film autobiographique. Je crois qu'un peu de variété dans la garde-robe conviendrait mieux et ajouterait de la couleur et de la texture à l'écran. En fait, j'en suis sûre. Fais-moi confiance là-dessus. Ce n'est pas une question d'ego, je ne fais qu'énoncer la vérité.

Je pris alors conscience de ce qui crevait les yeux depuis toujours : Vivienne et moi défendions deux approches diamétralement opposées de la mise en scène de ce film. Or ma mère était déterminée à exercer son influence sur ce qui était censé être *mon* projet. Cette pensée me fit frémir.

— J'ai une question, s'interposa Karl Friedkin.

Je me tournai vers lui, soulagée.

— Qui jouera l'ami invisible ?

— En fait, il n'était pas vraiment invisible, mais imaginaire, rectifiai-je.

Ma phrase fut ponctuée par un long silence. Je m'affolai, cherchant en vain un moyen de faire machine arrière. Il ne manquait plus que cela. Mon malaise grandit à mesure que la pause s'éternisait et le rouge me monta aux joues. Ils devaient tous me prendre pour une folle. Je venais de donner une conclusion parfaite à une journée déjà parfaitement atroce.

Ma mère se leva et se dirigea vers la porte avec un vague sourire.

— J'en ai touché deux mots à l'agent de Ryan Gosling, qui a eu une réaction très positive, remarqua le directeur de casting. Bien entendu, il y a beaucoup d'autres choix excellents : Matt Damon, Russell Crowe, Hugh Jackman ou Grant. Pourquoi pas Patrick Dempsey, aussi ?

Vivienne se retourna dans l'embrasure de la porte, s'assurant que tous les regards convergent sur elle. Elle planta alors ses pupilles dans les miennes.

— Jouez au petit jeu des stars hollywoodiennes tant que vous voudrez, les enfants, mais quelque chose me dit que le parfait premier rôle se trouve juste sous notre nez.

Sa remarque déconcerta tout le monde. Tout le monde, sauf moi.

Je venais de déjeuner avec le Hugh sur lequel Vivienne avait jeté son dévolu pour incarner le héros de mon film. Et ce n'était ni Hugh Jackman ni Hugh Grant.

21

Des années plus tôt, lorsque Jane et lui désiraient échapper au petit monde confiné de Park Avenue, ils traversaient la ville en bus jusqu'à l'Upper West Side. Quel dépaysement ! À l'époque, avant l'invasion de la génération du baby-boom avec ses poussettes McLaren dernier cri, ce quartier formait un univers haut en couleur et éclectique en plein cœur de Manhattan. Les yeux grands ouverts, Jane et lui exploraient les boutiques de vêtements d'occasion, les restaurants ouest-africains, les *bodegas* espagnoles et les épiceries juives, se perdant dans ce pêle-mêle de communautés cohabitant en harmonie.

À présent, Michael ne pouvait s'empêcher de comparer le caractère et l'attrait de cette partie de la ville à ceux d'un centre commercial du fin fond de l'Ohio. Le pressing Goldblum avait été remplacé par un magasin Prada, la quincaillerie Johannsen par un Baby Gap et son marchand favori de bagels, World's Best Bagels, par une boutique de savons de luxe. Il avait beau évoquer le souvenir des délicieux petits pains chauds, il ne humait rien d'autre que des parfums entêtants.

Un seul de leurs lieux de prédilection avait survécu à la transformation du quartier : l'Olympia Diner, au coin de Broadway et de la 77e Rue. Ce petit restaurant était tenu par des immigrants grecs de troisième génération qui perpétuaient la tradition en se faisant un devoir de servir les œufs les plus graisseux et le bacon le plus gras de la ville, le tout arrosé d'un café si fort qu'il fallait se brosser les dents après en avoir bu une tasse. Pour Michael, l'endroit offrait sans doute la meilleure cuisine de New York, loin devant Daniel ou Per Se.

La pancarte dans la vitrine valait à elle seule le détour : « Oui ! Oui ! Oui ! Des pancakes jour et nuit ! »

Depuis qu'il était revenu à New York, Michael avait pris l'habitude de prendre le petit déjeuner du samedi à l'Olympia. Ce matin-là, il avait proposé à Owen Pulasky de se joindre à lui pour le remercier de l'avoir invité à sa fête. Il gardait un agréable souvenir de sa soirée avec Claire de Lune, même s'il l'avait apparemment passée à parler de Jane.

Ils se glissèrent dans un box contre la vitrine donnant sur Broadway.

— Alors, raconte, Mike ! lança Owen avec un grand sourire et un petit coup de poing dans le bras de son voisin. Je t'ai vu écouter les histoires interminables de la charmante Claire, et pouf ! vous vous étiez tous les deux envolés dans la nuit.

— On a bavardé, c'est tout. Jusqu'aux environs de 4 heures. Elle est formidable. Très sensée pour une fille de vingt-deux ans.

— Bavardé... bien sûr, répéta Owen avec un regard entendu. Je te crois, va ! Je parie que vous avez parlé chaussures et Yankees toute la nuit, hein ? Veinard !

Il se pencha en avant, affichant son fameux sourire irrésistible, qu'il devait déjà arborer gamin.

— Pour te dire la vérité, Mike, il n'y a aucune femme que je ne considère pas comme objet sexuel. Pourtant, mon pote, j'ai été marié une fois. Pendant deux ans ! articula-t-il en détachant chaque syllabe. Ce qui compte au moins pour deux mariages.

— Vraiment ? s'étonna Michael. Toutes les femmes sont des objets sexuels pour toi ? Tu es sérieux ?

Owen ne s'était pas départi de son sourire, qui lui faisait pétiller les yeux.

— S'il te plaît, ne me juge pas, Michael.

— Je ne te juge pas. C'est juste que… je ne sais pas… une femme a tellement plus à offrir. Bien sûr, le côté charnel compte, mais il y a aussi le lien qui unit deux personnes. Je crois que l'amour est quelque chose de beau.

— Tu *crois*, releva Owen, mais tu ne le *sais* pas, pas vrai ? Ce ne serait pas un peu du pipeau tout ça ? Juste un tout petit peu ?

Il pressa l'index contre le pouce de sa grande paluche avec son sourire diabolique. Fossette, étincelle dans l'œil… Michael aurait presque succombé à son charme.

— C'est pas génial ? s'exclama Owen en éclatant de rire. T'as vu ce que je fais ? C'est mon arme secrète. Des années de pratique, petit. Des années.

En attendant de commander, Michael porta son attention sur les mots croisés du matin pendant qu'Owen lisait la rubrique sport, laissant échapper de temps à autre des grognements et marmonnements sur les équipes, athlètes et chevaux qui l'avaient trahi.

— « Témoignage d'amour » en cinq lettres ? demanda Michael au bout de quelques minutes.

— Gaule, suggéra Owen sans lever la tête des colonnes.

La serveuse arriva à ce moment. Patty, une jeune femme très jolie aux longs cheveux blonds et au corps de rêve, s'occupait souvent de la table de Michael, qui l'appréciait beaucoup.

— Pas étonnant que vous soyez célibataire, observa-t-elle.

90

Owen s'esclaffa, guère découragé par la remarque.

— Qu'est-ce que vous servez d'appétissant, aujour-d'hui ? À part vous ?

Patty leva un sourcil et saisit son bloc.

— Qu'est-ce qui vous fait croire qu'il est célibataire ? demanda Michael.

— Je vous conseille les œufs Bénédicte, préparés avec de vraies biscottes hollandaises, suggéra-t-elle avant de se tourner vers Michael. C'est son air.

— Quel air ?

Michael adorait ce genre d'informations, qui lui per-mettaient de percer à jour le cœur de l'humanité.

— Cet air de célibataire, conclut-elle en fourrant son stylo derrière une oreille parfaite, jaugeant Owen de haut en bas, comme un objet. Cet air affamé.

— J'ai faim de toi, rugit Owen avec son sourire carnassier.

Patty roula des yeux, prit leur commande avec des hochements de tête et s'éloigna d'un pas pressé, blonde et gracieuse, sous le regard attentif d'Owen, qui ne perdait pas une miette du spectacle.

— Patty est une chic fille. Elle est mère célibataire avec un enfant de quatre ans, remarqua Michael à bon escient.

— Juste un ? sourit Owen. J'ai toujours rêvé d'une mère célibataire avec au moins trois ou quatre mômes, observa-t-il avec un clin d'œil. Je blague, mon pote. Ne me juge pas. J'aime bien Patty. Peut-être que ce sera la bonne.

Michael commençait à regretter d'avoir amené Owen à l'Olympia, avec son sourire charmeur et ses yeux pétillants.

— Ne va pas la faire souffrir.

Ce n'était pas un avertissement, mais presque.

— Ne me juge pas, Mikey.

22

Je fixai mon reflet dans le miroir de la salle de bains avec la détermination d'un soldat sur le pied de guerre. La situation était hautement critique mais, cette fois, je ne pouvais m'en prendre qu'à moi-même. Je m'étais laissé moins de trois quarts d'heure pour réaliser un changement de look digne du magazine *Elle*. Il me fallait la totale : coiffure, tenue, maquillage, accessoires. S'il avait existé une pilule permettant de perdre sept kilos en quarante-cinq minutes mais réduisant de cinq ans l'espérance de vie, j'en aurais avalé deux.

Ce soir, je retrouvais Hugh au Metropolitan Museum à l'occasion d'une réception autour d'une rétrospective de la mode de Jacqueline Kennedy. Je devais donc être resplendissante, ce qui à mon niveau équivalait à... disons présentable. Comme j'allais être au bras de Hugh, je devais m'attendre à être lorgnée attentivement, voire jalousement, dans certains cercles.

Bien. Premièrement, créer l'ambiance. J'enfonçai *Once Again* de John Legend dans le lecteur CD et appuyai sur le bouton « Lecture ». Si cela ne m'inspirait pas, j'étais très mal barrée. Ah ! Voilà qui était mieux !

Deuxièmement, affronter l'ennemi. Ma salle de bains accueillait un petit meuble ne contenant rien d'autre que du maquillage encore inutilisé. C'était là que je rangeais tous les tubes, flacons, lotions et potions que Vivienne me donnait régulièrement. Après plus de trente ans, elle espérait encore, envers et contre tout, voir le vilain petit canard se transformer en gracieux cygne. Il ne fallait pas rêver, cela n'arriverait pas. Ni aujourd'hui, ni jamais.

Troisièmement, s'armer. J'inspirai une grande bouffée d'air et ouvris une boîte d'émulsion hydratante « Tellement Différente » des laboratoires Clinique, que j'appliquai sur ma peau en petits mouvements concentriques dans le sens des aiguilles d'une montre, comme prescrit. Pour le moment, je ne me trouvais pas « tellement différente ». Cependant, je persévérai avec une fine base de fond de teint « Translucide » qui promettait de me donner une peau parfaite de poupée de porcelaine. Voyons… Les rougeurs masquées, ma peau semblait… allez, 20 % plus lisse. Ce n'était pas renversant, mais c'était déjà cela de pris, au moins pour le mental.

Enfin, je m'évertuai à tirer le meilleur parti de mascara, eye-liner et rouge à lèvres Bobbi Brown. Tiens, ce nom cachait-il un homme ou une femme ? Je n'en avais pas la moindre idée, mais ce n'était pas le moment de se poser des questions existentielles.

Par miracle, la nature m'avait dotée de cheveux d'une belle couleur blond champagne. En outre, les vives recommandations quotidiennes de ma mère me garantissaient de toujours avoir une bonne coupe.

— Sans une coupe digne de ce nom, tous les efforts sont vains, m'avait-elle un jour déclaré, sans pouvoir s'empêcher d'aller jusqu'au bout de son idée. Or tu ne peux pas te permettre de ne pas mettre tous les atouts de ton côté.

En prévision du vent, j'agitai une bombe de mousse coiffante Calvin Klein et en projetai plusieurs doses généreuses dans ma main avant de glisser mes doigts dans ma tignasse. Mes boucles bouffèrent autour de mon visage. J'ignorais si l'effet était réussi ou raté, mais cela me donnait un nouveau style plutôt moderne, différent de la Jane ordinaire.

Soudain, mon esprit me renvoya à l'époque où Michael et moi étions inséparables. Un jour que Vivienne s'était mise sur son trente et un pour une cérémonie des Tony Awards, il avait remarqué :

— Elle a sorti la peinture de guerre.

J'avais ricané bêtement mais, en toute franchise, Vivienne resplendissait. Jamais je n'aurais pu espérer ressembler un jour à cette gracieuse déesse blonde.

En m'examinant dans le miroir, je constatai cependant avec surprise que mon visage présentait certains traits proches de ceux de ma mère. J'avais ses pommettes, ou les aurais eues avec dix kilos en moins. Mes yeux étaient plus grands, plus ronds et bleus, mais j'avais hérité de ses longs cils épais. Quant à mon nez, bien que plus fort, il s'apparentait plus au sien qu'à celui de mon père.

Je n'avais jamais remarqué cela auparavant. Michael me regardait souvent avec amour en m'assurant que j'étais une beauté. Il m'avait toujours semblé sincère. Était-ce donc cela qu'il voulait dire ? Qu'il retrouvait les traits de ma mère dans mon visage ?

Ou peut-être me trouvait-il belle pour ce que j'étais. Et toc !

Jane ! Concentre-toi sur ta tâche ! Rejetant les épaules en arrière, j'ouvris toutes grandes les portes de mon petit dressing, m'efforçant de chasser l'angoissante impression que ce geste allait libérer une foule enthousiaste espérant me voir dévorée par les lions.

Oh, mon Dieu. C'était pire que je ne pensais. J'embrassai d'un regard paniqué une mer de beiges, noirs et marron. Je ne possédais rien d'un tant soit peu sexy ou coloré.

Attendez une minute… Qu'avais-je donc là ?

Tripatouillant parmi des manteaux qui n'étaient plus de saison, j'aperçus deux robes de cocktail Chanel oubliées tout au fond de la penderie. Vivienne – qui d'autre ? – me les avait achetées lorsque j'étais encore au lycée. J'en extirpai une d'un coup sec pour l'étudier de plus près. Elle semblait tout droit sortie d'un magazine des années 1950 : rose vif avec un corset ajusté et une jupe ample évasée et sexy tombant sur les genoux.

— Un soir que tous tes vêtements t'ennuieront à mourir, Jane-Chérie, tu seras heureuse de retrouver une robe comme celle-ci, m'avait-elle prévenue. Crois-moi !

Ma mère avait raison, comme d'habitude, et ce soir je devais mon salut à son grand discernement. J'avais eu chaud aux fesses, les mêmes fesses qui ne fréquentaient plus de vélo elliptique depuis un bail.

J'enfilai la robe en appréciant son tissu soyeux, mais au moment de la fermer… impossible de remonter la glissière.

Me sentant investie d'une mission d'urgence, je déversai le contenu de mon tiroir de lingerie sur mon lit. Sous les soutiens-gorge sages et les culottes couvrantes, je dégotai une gaine qui semblait pouvoir faire l'affaire, si tant est qu'elle était confectionnée en kevlar.

Je me débattis pour rentrer dedans, passai la robe par-dessus puis retentai ma chance.

La fermeture refusa de bouger.

Sans me décourager, j'allai chercher des tenailles dans le tiroir de la cuisine où je rangeais tout mon bric-à-brac. La glissière ne résista pas. Pour ne rien gâcher, mes seins trop serrés dans le corset moulant ne pouvaient que déborder par le haut, formant un formidable décolleté pigeonnant. Tant que je n'avais pas à me baisser ou à inspirer un grand coup, je serais parfaite.

Après le port de la robe rose, ma décision la plus audacieuse ce soir-là consista à me passer de veste. Si mes bras étaient un peu charnus, grand bien leur fasse. Dans le meilleur des mondes, sous le meilleur des éclairages, je pourrais peut-être paraître sensuelle.

Je ne pus me résoudre à jeter un coup d'œil dans le miroir en pied de l'entrée. Et si je ressemblais à un enfant potelé dans un costume d'Halloween ? De toute façon, je n'avais plus le temps de me changer.

Je descendis en ascenseur jusqu'au hall, d'où je pris un bon départ.

— Vous êtes ravissante, Miss Margaux ! remarqua Martin. Je vous appelle un taxi ?

— Non, merci. Je vais marcher.

Pour une fois, je voulais être vue.

23

Je pris la 75ᵉ Rue vers l'ouest puis remontai en direction du nord de Manhattan à travers les quartiers chic. Pour la première fois de ma vie, je me sentais à ma place sur la 5ᵉ Avenue. Au moment de monter les marches du Metropolitan Museum, j'étais une autre. Le cliquetis rapide de mes talons sur la pierre confortait mon sentiment de singularité, de glamour et de féminité. J'avais laissé Jane derrière moi.

En haut de l'escalier, Hugh se tenait appuyé à une colonne comme s'il posait pour une pub Ralph Lauren. La veste jetée par-dessus l'épaule, il avait adopté une posture décontractée à souhait, prétendant ne pas remarquer les nombreux coups d'œil admiratifs qu'il attirait. En me voyant, il se redressa et ouvrit de grands yeux.

— Seigneur ! Qu'est-il arrivé à Jane ?

Je ris, heureuse qu'il ait constaté le changement. Il me déposa un baiser sur la joue avant de frôler mes lèvres. Puis il recula d'un pas pour m'examiner à nouveau.

— Mais que t'est-il arrivé ?

— J'ai décidé que j'en avais ma claque que ce soit toujours toi le plus canon, répliquai-je sur un ton charmeur, essayant un nouveau comportement pour aller avec mon nouveau look.

— Tu veux dire, le *seul* canon.

Sa réplique jeta une ombre sur mon bonheur. Il l'agrémenta d'un sourire, mais il n'avait vraiment pas pu résister à la tentation. Pas étonnant que Vivienne et lui s'entendent comme larrons en foire.

Il me prit néanmoins par la main pour me conduire jusqu'aux majestueuses portes du musée. Nous formions un beau couple. Avec ma tenue, je me fondais parfaitement dans cette foule d'hommes élégants et de femmes séduisantes paradant dans le hall.

J'étais heureuse, fière de mon apparence. Cependant, une question me turlupinait : souhaitais-je vraiment me donner autant de mal pour le restant de mes jours ?

24

Cette Jackie Kennedy n'avait décidément pas son pareil en matière de choix vestimentaires. Chaque tenue éclipsait la précédente, et chaque petite gorgée de Martini pomme donnait un peu plus de grandiose aux robes de l'ancienne Première Dame : la Givenchy bleu ciel, la Cassini en or massif, le tailleur Chanel beige indémodable.

Pour moi, la soirée atteignit son deuxième summum – le premier étant le moment où la stupéfaction s'était dessinée sur les traits de Hugh – quand Ana Wintour, rédactrice en chef de *Vogue*, vint me saluer.

— Tu as bonne mine, Jane, remarqua-t-elle avec un visage impassible.

Venus de sa bouche, ces mots sonnaient comme le plus beau compliment du monde.

— Allons nous asseoir, proposa Hugh au bout d'un moment. Je me suis bousillé le genou ce matin au tennis.

Nous prîmes donc place à une minuscule table de cocktail dans le grand hall du musée. Pour une fois, j'aurais voulu rester debout pour être vue mais, tout bien réfléchi, mes pieds chaussés de Jimmy Choo apprécieraient une petite pause.

— Je vais fumer, juste quelques taffes avant que quelqu'un me balance un verre d'eau à la figure, déclara Hugh.

Avant qu'il ait eu le temps d'allumer sa cigarette, mes yeux tombèrent sur son agent, l'obséquieuse et carriériste Felicia Weinstein. Elle fondait droit sur nous au bras du manager de Hugh, Ronnie Morgan, un requin qui n'avait rien à envier à sa cavalière. J'écarquillai les yeux.

— Jane, regarde ! s'exclama Hugh, heureusement surpris. Felicia et Ronnie ! Quelle coïncidence ! Hé, venez donc vous joindre à nous. Cela ne te dérange pas, n'est-ce pas, chérie ?

Je restai sans voix. Mais Hugh se décalait déjà pour faire de la place à sa petite suite.

Froidement humiliée, je compris que j'étais victime d'un coup monté.

J'avais manqué me briser le poignet pour rentrer dans ma gaine, tout cela pour l'agent et le manager de Hugh McGrath ! Je n'en croyais pas mes yeux. J'aurais pourtant dû être alertée dès l'instant où j'avais constaté son inhabituelle ponctualité.

— Qu'est-ce qu'ils font ici ? marmonnai-je.

J'éprouvais déjà une douleur aiguë dans le creux de l'estomac, où mon Martini prenait la consistance de billes de plomb.

— Felicia m'avait dit qu'ils feraient peut-être un saut, répondit Hugh.

Je plissai les yeux. Felicia respirait l'excès : trop de cheveux, trop de maquillage. Comble de tout, elle mâchouillait un chewing-gum qu'elle faisait claquer dans sa bouche.

— Elle a laissé son mac à l'entrée ou quoi ?

Hugh me foudroya du regard.

Ronnie portait un T-shirt et une veste à la *Deux flics à Miami*, la tenue idéale pour une réunion au Château Marmont de Hollywood... au milieu des années 1980.

— Ça alors, vous ici ! observa-t-il en me collant une bise mouillée sur la joue.

— Le rendez-vous des amoureux de la mode, remarqua Felicia, sans vraiment se donner la peine de me regarder.

— Je vais aller nous chercher à boire, annonça Hugh d'une voix enjouée. Ces Martini pomme sont excellents.

Et le lion peureux de bondir sur ses pieds comme s'il était monté sur ressorts.

— Non, l'arrêta Ronnie. Je bosse pour toi, je vais y aller.

Mais Hugh insista et s'éloigna, me laissant seule à une table ridiculement petite au milieu de ces deux gros requins.

— Ta tenue est si... in-té-res-san-te, déclara Felicia. Rose, hein ?

— Dois-je le prendre comme un compliment ?

— À toi de voir, chérie.

Je résolus que non. De drôles de petits picotements rampaient sur ma peau, proches de la sensation qui précède une poussée d'urticaire.

Avec un gloussement gêné, Ronnie retira sa veste sans se soucier de devenir, par ce geste, le seul individu en T-shirt dans une pièce de cinq cents personnes.

— Jane, puisque nous sommes ici, discutons, dit-il avec une cordialité qui sonnait faux. Felicia et moi pensions trouver une place sur ton agenda cette semaine, mais puisque nous sommes tombés sur toi par hasard...

— Martini pomme pour tout le monde, lança Hugh en revenant, tout sourire.

— Le hasard fait si bien les choses, Hugh, déclara Felicia.

— En effet, renchérit Ronnie.

Tous les trois avaient-ils répété cette scène ?

— Comme on dit, inutile de tourner autour du pot, Jane. Felicia et moi... et Hugh, bien entendu... eh

101

bien... nous devons savoir quand tu comptes l'engager officiellement pour le premier rôle de la version cinématographique du *Ciel soit loué*. Nous avons d'autres offres, mais c'est celle-là que nous privilégions. Que Hugh privilégie, en tout cas. Il mérite ce rôle, tu es forcément d'accord là-dessus. Nous le sommes tous sur ce point, Vivienne y compris.

J'étais furieuse. Nerveuse aussi. Et triste. Mais surtout furieuse.

— Je ne crois pas que ce soit l'endroit ou le moment d'en parler, dis-je, les traits figés.

— Et moi je crois qu'on ne peut espérer trouver meilleur endroit ou meilleur moment, objecta Hugh avec un regard d'acier, toute trace de sourire ayant quitté son visage.

— Oh, mettons les choses au clair, Jane. C'est un sujet sympa pour un événement sympa, intervint Felicia.

Ce n'était *pas* un sujet sympa et ce n'était *plus* un événement sympa.

— Tu comptes tout de même me donner ce rôle, non ? demanda Hugh en me foudroyant du regard.

— Nous devons étudier toutes nos options, répondis-je avec raideur.

Parce que tu n'étais pas bon dans la pièce et que je ne veux pas que tu fiches en l'air le film.

Mon avenir sentimental était sur le point de partir en fumée, à l'instant, sous les yeux vigilants de ces fouines de Felicia et Ronnie. Quel cauchemar ! Soudain, il me sembla que les cinq cents invités avaient cessé de parler en même temps.

— C'est juste que je ne suis pas certaine que tu sois fait pour ce rôle, Hugh, finis-je par expliquer avec beaucoup de calme. Je te le dis franchement.

Je voulus lui prendre la main, mais il la retira d'un geste brusque.

— Tu dois changer d'avis, dit-il d'un ton très grave, mâchoires serrées.

Jamais auparavant il n'avait pris un air aussi menaçant devant moi, un air qui me donnait envie de rosser sa jolie petite tête avec ma pochette Judith Leiber.

— J'étais bon dans la pièce. J'aurais dû remporter un Tony.

Il était tout juste passable dans la version théâtrale. D'ailleurs, il n'avait même pas été nominé aux Tony Awards. C'était la jeune comédienne qui avait conquis le cœur des spectateurs et des connaisseurs. Les critiques concernant Hugh étaient… disons honorables. En fait, il brillait dans une seule et unique scène : celle où il s'habillait pour aller chercher la fillette à l'école. Il devait alors, pendant cinq bonnes minutes, arpenter la scène torse nu, un exercice dans lequel il excellait.

Il se leva brutalement.

— Je veux ce rôle, Jane. Je le mérite. C'est grâce à moi que cette pièce a marché. À moi ! Je préfère partir avant de balancer cette foutue table contre le mur. Ton petit jeu est ridicule ! Tu sais quoi ? Va te faire foutre, Jane ! Toi et Jacqueline Kennedy !

En moins d'une seconde, je me retrouvai seule avec Ronnie et Felicia. La soirée avait viré au cauchemar.

— Je vais nous chercher un autre verre, lança Ronnie.

— Pas pour moi, dis-je. J'ai déjà envie de vomir.

L'instant d'après, mes talons claquaient à travers le grand hall puis sur les marches du musée.

J'étais redevenue une bougre d'imbécile enrobée dans une robe rose bonbon ridicule, toute tachée de larmes et de mascara, pour laquelle j'avais quinze ans de trop.

25

Michael commençait à s'acclimater à sa nouvelle vie de voyeur. Peut-être un peu trop à son goût, d'ailleurs. C'était la dernière fois. Ce soir, il arrêtait, il se l'était promis. Environ une heure plus tôt, il était tombé à la renverse en voyant Jane sortir de son immeuble, resplendissante de beauté.

En la suivant jusqu'au Metropolitan Museum, il avait remarqué une certaine détermination dans sa démarche, une certaine assurance dans sa foulée. Et cette robe rose sexy... Elle s'était visiblement remise du chagrin que lui avait causé Hugh. *A priori*, elle allait bien, et il pouvait donc se réjouir pour elle, tout simplement. Il était temps pour lui de tirer sa révérence.

Une heure et des poussières plus tard, il avait repris sa filature, en sens inverse cette fois. Jane redescendait la 5e Avenue seule, comme avant, mais d'un pas beaucoup plus lent, les épaules voûtées, la démarche pesante. Elle tourna vers Madison Avenue et s'arrêta devant plusieurs vitrines de magasins, dont un petit débit de tabac et de Tic-Tac, le regard perdu dans le vide.

Elle semblait si seule, si triste et si malheureuse. De toute évidence, le musée avait été le théâtre d'un terrible événement. Il ne doutait pas un seul instant que ce sale type de McGrath avait joué un rôle dans tout cela.

Il se sentait de plus en plus responsable de ce qui arrivait. Lorsque Jane était enfant, il lui avait fait un tas de belles promesses et prédictions qui ne s'étaient visiblement pas réalisées. Il lui avait annoncé avec certitude la venue dans son monde d'un être unique, or Jane attendait encore. Pouvait-il l'aider à présent ? Non, sans doute pas. Il n'était plus en charge d'elle et ne pouvait pas intervenir dans sa vie.

Il le voulait pourtant tellement. Le cœur serré de compassion, il aurait souhaité la prendre dans ses bras pour la réconforter, comme autrefois.

Au niveau de la 76e Rue, Jane traversa Madison Avenue et poussa la porte latérale de l'hôtel Carlyle pour se diriger vers le Bemelmans.

Que devait-il faire à présent ? Il s'immobilisa quelques secondes devant l'entrée pour réfléchir, puis s'engouffra dans son sillage.

La robe rose lui facilitant la tâche, il ne tarda pas à la repérer, assise au bar. Il s'installa au bout du comptoir, derrière deux hommes corpulents. Des provinciaux, à première vue. De ce qu'il distinguait, ils faisaient descendre de grandes rasades de scotch bon marché à coups de Budweiser et de poignées de cacahuètes.

Jane commanda un gin tonic. Ainsi appuyée au bar, elle dégageait une aura tragique d'héroïne russe de toute beauté.

Allez, Jane, courage ! Tu vaux tellement mieux !

Pendant une folle seconde, il envisagea d'aller lui parler. Après tout, elle ne se souvenait pas de lui, il ne serait donc qu'un inconnu parmi tant d'autres. Il ne savait vraiment pas quoi faire, ce qui lui arrivait très rarement. Il n'avait jamais expérimenté l'incertitude auparavant, en aucune occasion.

Que faisait-il, assis au Bemelmans avec Jane Margaux, d'accord, pas exactement avec elle, mais mourant d'envie de la rejoindre ?

Il n'y comprenait rien. C'était exaspérant, déroutant et... une très mauvaise idée. Pis, c'était complètement fou.

— Que puis-je vous servir, monsieur ? lui demanda le barman.

— Heu, rien, je le crains. Je viens de me souvenir... j'avais rendez-vous ailleurs. Excusez-moi.

Le barman haussa les épaules et Michael se leva, gagné par un sentiment de malaise, totalement désemparé. Tête basse, il regagna la porte, d'où il jeta un dernier regard à Jane, admirant la femme qu'elle était devenue. Un être unique, comme l'avait été la petite Jane Margaux.

Puis, murmurant un adieu inaudible, il partit sans lui adresser la parole. C'était la seule solution. À dire vrai, il regrettait du fond du cœur de l'avoir revue.

26

Je savourai le gin tonic, du Tanqueray coupé au citron vert, froid, pétillant et tonifiant à merveille. Existait-il meilleur endroit que le Bemelmans pour s'asseoir un moment et s'apitoyer piteusement sur son sort ?

À trente-deux ans, j'avais tout, et pourtant rien, pour moi. J'avais un bon boulot, en théorie fascinant, mais qui consommait mes heures et mes jours sans m'apporter de satisfaction personnelle.

J'avais une mère couronnée de succès et à l'abri du besoin, mais dont l'idée de l'amour maternel consistait à me traiter comme une petite sotte. Pour ne rien arranger, je lui vouais malgré tout un amour sans bornes.

J'avais un petit ami. Exactement, j'*avais*. C'était une phrase que je pouvais désormais conjuguer au passé.

Les pensées se bousculaient dans ma tête, fusant dans toutes les directions. Toutes mauvaises.

Peut-être me fixais-je des objectifs trop lointains. Peut-être devrais-je trouver une façon d'être heureuse, non pas pour la vie, mais pour une heure ou deux. Peut-être existait-il quelqu'un quelque part qui aimerait traînasser avec moi, commander des sushis et – si ce n'était pas trop demander – regarder le DVD de *Vous avez un message* ou *Les Évadés* pour la quatrième ou cinquième fois.

Soudain, je sentis un petit coup sur mon épaule. Avec cette grâce de femme du monde qui me caractérise, je manquai bondir sur mon tabouret en hurlant de terreur.

Je me retournai pour découvrir deux hommes au sourire crétin. Leurs vestes à carreaux criardes juraient dans l'ambiance de l'hôtel Carlyle, mais force était de constater qu'elles auraient détonné n'importe où. Ce n'était décidément pas le genre d'attention dont je ressentais le besoin à cet instant.

— B'jour, m'dame, dit le premier énergumène. Mon ami et moi nous demandions si vous apprécieriez un peu de compagnie.

— Non merci, répondis-je d'une voix ferme. Je me relaxe juste un peu après une longue journée. Tout va bien. Merci.

— Vous semblez bien seule, insista le second. Et toute tristounette, si vous voulez notre avis.

— Je vous assure, tout va bien, même mieux que bien. Merci pour votre prévenance, dis-je en grimaçant un petit sourire. Tout roule comme sur des roulettes.

— Barman, la p'tite dame ne refuserait pas un autre verre.

Je regardai le serveur droit dans les yeux en secouant la tête.

— Je ne veux vraiment pas d'autre verre. Et je ne veux surtout pas parler à ces types.

— Messieurs, vous préféreriez peut-être vous décaler un peu, suggéra ce dernier en se penchant par-dessus le comptoir.

Les deux hommes se levèrent avec des haussements d'épaules.

— Plutôt bêcheuses les putains de ce bar ! lança l'un d'eux en s'éloignant.

Mon regard croisa celui du barman, aussi choqué que moi. Je pouffai de rire. C'était cela ou fondre en larmes. Avec ma robe haute couture rose, mes chaussures à cinq cents dollars, mon maquillage soigné et ma coupe de cheveux chic, je ressemblais à une entraîneuse ! Il fallait croire que les prostituées gagnaient bien leur vie de nos jours. Je pivotai néanmoins sur mon tabouret pour m'examiner dans le miroir mural, où se reflétaient une masse indistincte de gens et les fresques colorées du dessus du bar.

Un vague sourire aux lèvres, je fis l'état des lieux. Avec mon maquillage dégoulinant et mon nez rouge, je n'aurais pas eu beaucoup de succès dans la profession.

Soudain, un mouvement attira mon regard. Je plissai les yeux, sentant les battements de mon cœur s'accélérer dans ma poitrine. Impossible ! Le temps d'un éclair, j'avais saisi l'image d'un homme qui quittait le bar, les yeux tournés vers moi.

Je me trompais, cela ne faisait aucun doute, mais, sur le coup, j'aurais juré voir Michael. À la seconde où j'avais posé le regard sur lui, il avait disparu derrière la porte.

Voilà qui frisait la folie.

Je bus une gorgée de gin tonic et reposai mon verre, les mains tremblantes. Cet homme… Non, c'était ridicule. Mon subconscient avait profité d'un effet de lumière, d'une ombre, pour créer l'image de la personne qui me manquait le plus, que je désirais le plus ardemment voir.

Parfait, voilà qui avait de quoi m'inquiéter. Je devais filer un bien mauvais coton pour commencer à avoir des visions. Il fallait sans doute qu'une personne soit très haut placée sur l'échelle du malheur pour que son subconscient intervienne pour tenter d'arranger un peu la situation. Il fallait que je sois très mal en point pour croire voir Michael.

Michael, qui était imaginaire.

Michael, qui n'existait pas.

Avais-je tant souhaité l'avoir auprès de moi qu'il m'était réapparu l'espace d'une seconde ?

Réveille-toi, Jane. Un éclat de lumière ou l'étincelle d'un briquet t'aura joué un tour.

Je sortis un billet de vingt dollars de ma pochette, l'abandonnai sur le comptoir puis quittai l'hôtel en direction de mon appartement.

Je savais que je n'avais pas vu Michael, bien sûr, mais une question bien plus importante demeurait : pourquoi n'avais-je jamais réussi à l'oublier ?

27

Passons à des sujets moins personnels, et indénia-
blement plus sérieux. Tous les dimanches matin, je travaillais dans un foyer pour femmes sur la 119ᵉ Rue
Est, dans Spanish Harlem. Rien d'extraordinaire, rien
qui mérite de médaille, mais ce petit coup de pouce
aux autres donnait à ma vie un sens dont elle avait
grand besoin.

Après quelques heures au foyer, je rentrais chez moi
dans un état proche de la béatitude. Je comparais plus
ou moins le travail bénévole à la messe. En mieux…
et plus utile, soit dit en passant.

Ce matin-là, j'étais donc au foyer, à servir à la louche
des œufs brouillés, des petits pains croustillants et des
carrés de margarine. La nourriture dans des assiettes
en carton ; le jus d'orange dans des gobelets en plastique. J'étais heureuse de savoir que toutes ces femmes
auraient l'estomac rempli ce matin.

— Vous pouvez donner plus d'œufs à mon fils ?
Vous voulez bien faire ça pour moi ? me demanda la
mère d'un enfant de cinq ou six ans.

— Bien sûr.

Je servis aussitôt au petit une autre ration d'œufs
complétée par un petit pain.

— Dis merci à la dame, Kwame.

— Merci, madame.

— Dis donc, tu vas réussir à manger tout ça,
Kwame ? le taquinai-je gentiment.

Le petit garçon dodelina timidement de la tête. Sa mère sortit alors de son cabas un morceau de papier d'aluminium froissé.

— La vérité, c'est qu'il va en manger un peu maintenant, et le reste au dîner, chuchota-t-elle.

La file de ventres vides avança et je repris la distribution.

— Merci, revenez quand vous voulez, répétais-je à chaque femme afin que toutes se sentent aussi bienvenues que possible.

Une vieille Italienne au grand cœur de la paroisse de St Rose remplissait les gobelets de jus d'orange ou de lait à côté de moi.

— Regardez-moi ça, murmura-t-elle en pointant le coude vers le milieu de la file. Ce n'est qu'une fillette.

Je repérai une jeune femme famélique de dix-huit ans à peine qui portait un bébé emmailloté dans un petit duvet, un garçonnet accroché à ses jambes frêles. Ce n'était cependant ni sa maigreur ni son âge qui la distinguaient des autres, mais ses deux coquards et le bandage sale autour de son bras droit, qui pendait mollement le long de son buste. Je serrai les dents, l'estomac retourné. Songer que quelqu'un puisse mettre une femme dans un tel état en toute impunité me rendait furieuse.

— Allez vous asseoir avec les enfants, je vais vous apporter le petit déjeuner, lui proposai-je lorsqu'elle arriva à mon niveau.

— Non, je peux me débrouiller.

— Je sais que vous le pouvez, mais laissez-moi vous aider. Je suis là pour ça.

Je dégotai un plateau en plastique que je remplis d'œufs et de petits pains avant d'y déposer deux gobelets et une brique pleine de jus d'orange. J'allai même chercher trois bananes dans la cuisine, où les sœurs gardaient des fruits frais pour les occasions spéciales ou les situations délicates.

— Hé, merci, me dit-elle lorsque je déposai toute la nourriture à sa table. Vous êtes une gentille dame blanche.

Du moins, j'essayais.

28

Les derniers œufs brouillés terminèrent dans l'assiette en carton d'une vieille dame édentée qui portait des sacs plastique aux mains et aux pieds.

— Un jour de plus dont on aura vu le bout, radotat-t-elle tout au long de la file.

Curieux, voire inquiétant, comme je m'associais à ce sentiment.

Midi allait sonner lorsque je sortis dans la fraîcheur vivifiante d'un dimanche matin de printemps à Spanish Harlem, au cœur de New York. J'avais les bras endoloris et une bonne migraine, mais je tirais une énergie positive du geste élémentaire de nourrir ceux qui avaient faim. Où que je pose le regard, le monde n'était que beauté. Tout m'apparaissait plein de vie et de promesses, ce qui, après le fiasco de la veille au soir, relevait du miracle.

Sur les marches d'une église, cinq petites filles habillées en mariées miniatures attendaient l'heure de leur première communion. Plus loin, des hommes au visage sérieux buvaient des *cervezas* en jouant aux dominos sur des caisses en bois. J'inspirai profondément, humant l'air imprégné d'odeurs de *churros*, d'épis de maïs et de chili.

Je rejoignis Park Avenue à l'endroit où les rames des lignes de banlieue émergent du sous-sol de Manhattan, où cette zone populaire de Harlem se mue en quartier chic de l'Upper East Side. Je me sentais bien, presque remise des événements du Metropolitan Museum.

Un bloc plus loin, mon immeuble apparut. Au moment où j'allais traverser pour le rejoindre, un malade me klaxonna frénétiquement.

Je me retournai pour découvrir que l'odieux type n'était autre que Hugh.

Assis dans une Mercedes décapotable bleue rutilante, il me regardait avec une mine timide et désolée. À la vue de son visage angélique, toute pensée rationnelle m'abandonna.

Les yeux nourrissent l'esprit de tant de mensonges..

29

Rien ne pouvait rivaliser de beauté avec la voiture de sport bleu marine pommelée de soleil. Rien, hormis son conducteur, qui n'en avait que trop conscience. Hugh portait des lunettes de soleil italiennes et une veste en cuir marron clair d'apparence si souple que l'on ressentait, au premier regard, une envie irrépressible de la caresser. Pour se donner un look de « type ordinaire », il avait complété sa tenue par une casquette des New York Giants, dont la visière était incurvée juste comme il fallait aux extrémités.

— Tu viens faire un tour, beauté ? m'invita-t-il sur un ton plaisant dans lequel je reconnus une imitation de Big dans *Sex and the City*.

Si Hugh et la voiture formaient un joli couple, je pensais pouvoir me passer de l'un et de l'autre. Après tout, je m'en fichais.

— Je dois déjeuner avec ma mère dans une heure, déclarai-je froidement. Elle n'est pas dans son assiette ces derniers temps.

Les mots étaient sortis de ma bouche sans forcer, ils sonnaient parfaitement bien.

— Je te ramène dans une heure. Tu sais que je n'oserais jamais m'attirer les foudres de Vivienne.

— Hugh, après ce qui s'est passé hier soir… je ne peux pas…

— Allez, viens faire un tour. Je veux te parler, Jane. Je suis venu de Greenwich Village.

— Je ne sais pas s'il y a matière à discuter, Hugh, répondis-je avec calme.

— J'ai changé, repartit-il d'une voix qui véhiculait une bonne foi authentique. Et je peux même t'expliquer pourquoi. Laisse-moi au moins te parler.

Je soupirai et affichai ma réticence pendant trente secondes avant de céder. Alors je montai dans la voiture, que Hugh lança joyeusement sur Park Avenue dans un ronflement de moteur.

Soudain, la SL55 fit une embardée à gauche. Quelques secondes plus tard, nous filions sur la FDR Drive en direction d'une destination inconnue.

— J'ai toujours l'impression de te le répéter, Jane, mais je dois te le dire encore une fois...

S'il me demandait le rôle, il allait finir avec un stylo enfoncé dans l'oreille jusqu'au tympan.

— Je suis désolé, poursuivit-il, à ma grande stupéfaction. Je suis désolé, Jane. Je ne savais pas ce que Felicia et Ronnie avaient mijoté, je le jure devant Dieu. Et puis mon foutu caractère a pris le dessus.

Mon cerveau me hurlait de ne pas le croire, alors même que mon cœur notait l'incroyable sincérité de ses mots. Je commençais à m'attendrir, ce qui ne me plaisait guère. Redoublant d'efforts pour me blinder, je gardai le silence, les yeux rivés sur l'horizon. La voiture cahotait maintenant sur le pont de Brooklyn. Vers où ? Et pourquoi ? De l'autre côté de l'East River, Hugh roula jusqu'à un site qui offrait une formidable vue de carte postale sur Manhattan. En toute objectivité, la ville semblait sculptée dans un bloc immaculé d'argent massif. Je n'étais jamais venue ici avec Hugh. Je me demandais d'ailleurs qui il avait bien pu y emmener.

— J'imagine que j'ai tout simplement supposé que nous étions sur la même longueur d'ondes, continua-t-il. Je me voyais dans ce rôle. Je l'ai joué à Broadway, il fait partie de moi. J'ai pensé que tu me croyais, toi aussi, fait pour lui.

Il me lança un sourire splendide, à la fois penaud et insolent.

J'arrivais presque à comprendre ses raisons.

— Tu n'écoutais pas, Hugh, voilà tout.

Comme d'habitude.

Il passa le bras sur mon siège et me caressa doucement la nuque.

— Tu sais, Jane, je pensais aussi que ce projet, ce petit film, pourrait faire de nous une équipe. Je sais que nous pouvons former une belle équipe. Je nous voyais déjà travailler ensemble. Tu ne trouverais pas ça fantastique d'être ensemble dans notre vie personnelle et professionnelle ? Tu sais, je serais là pour toi. Je pourrais t'aider, te soutenir. J'y ai beaucoup pensé. C'est mon rêve.

Il parlait d'une voix basse et sincère, ses mains autour des miennes, dont il effleurait délicatement les articulations. Que se passait-il en moi ? Je me sentais gagnée par le vertige. Les premiers symptômes de faiblesse ?

Hugh se mit à fouiller dans la boîte à gants. Avec des yeux ronds, je le vis en sortir un écrin aiguemarine.

Mon cœur se serra dans ma poitrine. Il ne songeait pas... ne songerait pas à...

Voilà un développement que je n'avais pas prévu.

Il ouvrit la boîte Tiffany, révélant un ravissant diamant. Pas énorme, mais pas petit non plus. Je pris une inspiration asthmatique.

— Jane, je sais que les choses peuvent marcher entre nous. J'ai la bague, tu as le film. Passons un marché, mon amour. Alors, affaire conclue ?

Le temps s'arrêta. La terre s'ouvrit sous mes pieds. *Oh… mon… Dieu. Mon Dieu, dites-moi que ce n'est pas vrai.*

Je venais de recevoir un violent coup de poing en pleine poitrine. Pendant le long silence qui suivit, mon cerveau assommé chercha en vain la réaction à adopter : la cascade de larmes, la rage, la pitoyable humiliation ? C'était ma première et unique demande en mariage, mais je n'aurais pu imaginer pire. Hugh était-il complètement frappé ? Ou étais-je plus pathétique que je ne le soupçonnais ?

Il cessa de sourire en voyant mon expression.

Enfin mes neurones se remirent en branle à petits coups saccadés. Je repris haleine et prononçai, d'une voix tendue, le plus grand euphémisme jamais sorti de ma bouche.

— Je suis désolée, Hugh… pour tant de choses… pour t'avoir donné une autre chance et t'avoir accordé une place dans ma vie, avant tout. Et surtout, je suis vraiment navrée de ce que je viens d'entendre. « Passons un marché, mon amour » ! Comment as-tu pu songer à une chose pareille ?

J'avais progressivement haussé le ton, chaque phrase se transformant en une avalanche de sons stridents remplis de rage contenue qui auraient dû lui faire prendre ses jambes à son cou.

— Je ne suis pas écrivain de discours, je suis comédien, murmura-t-il. D'accord, je n'ai peut-être pas assez enjolivé les choses. Je m'excuse, mais je visais la franchise. Tu dis tout le temps que c'est ce que tu recherches.

— « Enjolivé les choses » ! crachai-je. Tu es maboule ou quoi ? Et ça, est-ce que c'est assez enjolivé : « la plus grosse insulte de ma vie », « la plus odieuse des demandes en mariage » ?

Hugh affichait maintenant un visage froid et dur.

— Jane, tu es en train de faire une grosse erreur de jugement. Tu devrais peut-être consulter Vivienne.

Moi qui pensais avoir eu ma dose de mauvaises surprises, je me trompais lourdement. J'étais officiellement montée d'un cran sur l'échelle de la stupeur.

— Oh, Hugh, réussis-je à peine à articuler, au bord de la saturation. Ramène-moi à la maison, maintenant. Je veux rentrer.

Il me fixa longuement, son beau visage déformé par l'incrédulité. Comme s'il ne comprenait pas ce qui avait pu tant me bouleverser. Au bout d'un moment, il se replaça face au volant et tourna la clé de contact.

— Dans ce cas, je te verrai plus tard.

Il se pencha par-dessus moi, ouvrit ma portière d'un petit geste et détacha la boucle de ma ceinture de sécurité dans un déclic sec. Puis il se carra dans son siège et patienta, le dédain suintant de chaque pore de sa peau.

— Quoiiii ?

— Sors de là.

Sa voix était glaciale, ses articulations blanches sur le volant. Comme je ne bougeais pas, il se retourna vers moi.

— Sors de ma putain de bagnole ! hurla-t-il.

Le visage en feu, je bondis hors de la Mercedes. Il me virait de sa voiture. À Brooklyn, qui plus est !

Sans attendre que j'aie refermé la portière, il démarra en marche arrière, fit demi-tour et s'éloigna dans un crissement de pneus, soulevant une giclée de graviers qui me mitrailla les tibias.

Il avait osé. Il m'avait conduite au fin fond de Brooklyn et m'y avait abandonnée !

Curieusement, je ne versai pas une larme.

Pas pendant les six premières secondes.

30

Michael avait du temps à revendre. Par cette magnifique journée, il décida donc, dans une tentative de se débarrasser de la mauvaise habitude de coller aux basques de Jane, d'aller faire un tour et, pourquoi pas, de voir un film. Dans l'escalier, il croisa Owen, suivi de Patty, la serveuse de l'Olympia. Oh, non ! Qu'avait-il donc fait ? Owen et Patty !

Ils formaient un joli couple, mais Michael se méfiait d'Owen comme de la peste et aimait beaucoup Patty. Il ne tenait pas à la voir souffrir par la faute d'un coureur de jupons endurci.

— Hello, Michael, le salua Patty avec le large sourire dont elle le gratifiait toujours au restaurant. J'espérais bien vous voir. Je voulais vous remercier d'avoir emmené Owen à l'Olympia l'autre jour.

— Oh, pas de quoi. Les meilleurs pancakes de Manhattan, hein ? Comment allez-vous, vous deux ?

Il tenta de lancer un regard d'avertissement à Owen, dans le genre « fais du mal à cette fille et je te tue », mais son voisin fuyait ses yeux.

— Je vais bien, merci, répondit Patty qui souriait toujours, visiblement heureuse. Et celui-là, incorrigible. Qu'est-ce qu'il est drôle ! Un second Dane Cook !

— Pas du tout, s'insurgea Owen, l'air offusqué. D'abord, c'est qui Dane Cook ?

— Vous voyez, reprit Patty affectueusement. Il sait bien que c'est un acteur.

— Ça, Owen est un rigolo! remarqua Michael.

Il aurait voulu pouvoir parler franchement, prévenir Patty. Même si Owen n'agissait pas avec une cruauté délibérée, il voyait mal comment cette histoire pouvait connaître une fin heureuse.

— Bon, à plus tard!

— Ciao! répondit Patty.

Avec un soupir, il continua sa descente. Il s'inquiétait pour Patty et sa petite fille. Owen ne lui avait-il pas déclaré franco que toutes les femmes n'étaient pour lui que des objets sexuels, y compris son épouse? Joli, vraiment! Enfin, peut-être Patty le protégerait-elle contre ses démons.

Il se retourna pour les regarder monter les marches. C'est alors qu'il le vit. Le sourire d'impunité d'Owen. Il ne manquait plus que cela.

— Ne me juge pas, Michael! lui cria-t-il avant de disparaître.

Mon Dieu! Dire que c'était lui qui les avait réunis. Patty ne le remercierait certainement plus dans quelques jours.

Arrivé dans la rue, Michael ne savait plus trop ce qu'il voulait faire. Il avait pris la résolution de ne pas s'approcher de Jane, ce qui éliminait déjà une possibilité. Les trottoirs moins bondés des jours de week-end offraient un espace agréable pour la promenade, mais la vision de Patty suivant Owen dans sa garçonnière continuait de le tracasser. Cette rencontre avait pour ainsi dire gâché sa journée avant qu'il l'ait entamée. Sans compter qu'il ne s'était pas vraiment remis de ses « retrouvailles » avec Jane.

Une idée lui vint soudain à l'esprit. Il espérait seulement qu'elle ne lui avait pas été inspirée par Owen. Oui, peut-être était-ce exactement ce dont il avait besoin pour égayer cette journée.

Il téléphona donc à Claire de Lune qui, cloîtrée chez elle par ce beau dimanche, accepta avec enthousiasme de le voir.

31

J'avais sans doute fini par trouver un taxi à Brooklyn. Il avait sans doute franchi le pont en sens inverse et m'avait sans doute déposée devant mon immeuble.

Tout cela était sans doute arrivé, mais je n'en gardais aucun souvenir précis.

En revanche, je me rappelais avoir vu Hugh filer dans un crissement de pneus. Je me rappelais le picotement des gravillons sur mes jambes. Et je me rappelais parfaitement bien lui avoir fait un beau bras d'honneur. Après cela, plus rien, jusqu'à ce que Martin me tienne la porte du hall et que je titube jusqu'à l'ascenseur.

Le téléphone sonnait lorsque j'entrai dans mon appartement. Je répondis dans un brouillard, sans même songer que ce puisse être Hugh.

— Allô ? dis-je mécaniquement en envoyant valser mes chaussures.

— Jane-Chérie ! s'exclama ma mère sur un ton impérieux. Où es-tu ? Tu avais dit que tu viendrais déjeuner à la maison. J'ai prévu le merveilleux saumon gravlax de Chez Zabar. Karl Friedkin est ici. J'ai aussi les photos de la nouvelle collection Valentino. Et...

— Désolée, maman, je ne vais pas venir. Je ne me sens pas bien.

C'était le moins qu'on puisse dire.

— Je crois que je devine ton mal... Il ne s'appellerait pas Hugh McGrath par hasard ? badina-t-elle.

124

Viens donc avec ce cher ami. Ce sera amusant. Nous pourrons parler du *Ciel soit loué.*

Voilà qui ne risquait pas de se produire.

— Hugh n'est pas ici, et je ne me sens vraiment pas bien. Je t'appellerai plus tard, mère.

Je raccrochai sans lui laisser le temps de répondre et sus d'instinct que je ne supporterais pas de rester dans mon appartement vide. Partout, sauf ici. Sauf ici et à Brooklyn. Je troquai mon pantalon couvert de poussière contre un jean, passai un T-shirt « Music in the Park » et descendis vers le centre de Manhattan sans but précis.

Au bout d'une vingtaine de minutes, j'avais coupé vers l'ouest. Vers Hermès, les Robinson Galleries et le second chez-moi de mon enfance : Tiffany.

Dans la vitrine, une pancarte indiquait : « Ouvert le dimanche de 11 heures à 18 heures. » Je ne le savais que trop bien. Combien de dimanches après-midi Vivienne et moi avions passé ici, à essayer des bijoux de famille et examiner des diamants à travers une loupe ? Je devais être la seule petite fille de sept ans capable de tenir un discours de connaisseuse sur la proportion des facettes et le mérite d'une taille Asscher par rapport à une taille brillante.

Je m'engageai d'un bond dans la porte à tambour de la 57ᵉ Rue, choisissant mon moment comme si je sautais à la corde. L'instant d'après, je rôdais près de l'entrée de la 5ᵉ Avenue et, en moins de temps qu'il n'en faut pour le dire, pénétrai dans la joaillerie en quête d'une bague en diamants.

32

Il me suffisait de mettre un pied chez Tiffany pour qu'une déferlante de souvenirs me submerge. La moquette moelleuse sous mes pieds, le lustre des panneaux de bois, la chaleur des lampes sous les comptoirs en verre. C'était l'unique endroit où Vivienne et moi allions seules, sans sa suite, et où nous avions une relation mère-fille. C'était où ma mère semblait le plus dans son élément, plus encore qu'au théâtre, et le plus heureuse.

J'étudiai les vitrines comme si je préparais le mariage parfait... une perspective sur laquelle je venais de tirer un trait définitif. Les bagues en diamants formaient une constellation, ainsi alignées dans un ordre divin prédestiné : des plus petites pierres, solitaires à peine visibles sur un simple anneau de métal, aux délicates pierres d'une teinte rose ou ocre naturelle, à taille carrée ou poire, serties dans le platine. Chaque pièce valait plus que certaines voitures de luxe.

— Puis-je vous aider ?

Une jeune vendeuse apparut devant moi, comme tombée du ciel. Dans un tailleur noir simplement relevé d'un joli rang de perles, elle incarnait mon idée de l'élégance.

— Euh..., hésitai-je.

Elle jeta un coup d'œil furtif aux doigts nus de ma main gauche.

— Vous savez, remarqua-t-elle sur le ton de la confidence en ouvrant la vitrine d'une main experte, beaucoup de femmes s'offrent des diamants pour porter à la main droite.

« S'offrent », voilà qui sonnait bien. Tellement mieux que « se paient le luxe ridicule ».

Mais, en effet, j'avais vu des publicités dans ce sens dans *Vanity Fair* et *Harper's Bazaar*. Chaque bague avait sa signification : un jour à marquer d'une pierre blanche, un rêve qui se réalise, un merveilleux secret, etc., etc., etc. Ce baratin semblait avoir fonctionné sur moi...

— Puis-je voir celle-ci ?

Je pointai du doigt une élégante bague de la gamme Tiffany Celebration : plus d'une douzaine de diamants d'une pureté parfaite sertis dans un anneau en platine.

— N'est-elle pas magnifique ? observa la vendeuse en posant délicatement la bague sur un carré de velours noir.

Un feu intérieur embrasait les pierres. Même à sept ans, j'aurais pu certifier qu'elles étaient taillées à la perfection.

La bague était de toute beauté. D'une splendeur à me faire mal aux yeux. Au cœur, aussi.

— Passez-la, me suggéra la servante du diable en tailleur noir.

Je la glissai au majeur de ma main droite. Mon Dieu, comme je me sentais adulte ! Mon poignet manqua s'affaisser sur le comptoir avec un bruit sourd. Pour une bague de célébration, c'en était une !

— Elle vous va à ravir. Nous n'aurons même pas à l'ajuster, dit la vendeuse dans un murmure de conspirateur.

J'avais assez fréquenté Tiffany pour soupçonner l'homme en costume gris qui faisait mine de regarder les bagues près de moi d'être un agent de sécurité. Avais-je l'air suspecte ? Dangereuse ? Si seulement.

— Combien coûte-t-elle ? demandai-je, le cœur serré.

— Treize mille dollars, chuchota la vendeuse.

Elle réussit, je ne sais comment, à me présenter ce chiffre comme l'affaire du siècle.

— Je vais la prendre, annonçai-je calmement.

— Bien sûr, répondit-elle, comme si elle entendait cela toutes les dix minutes.

Je lui tendis ma carte de crédit et une pièce d'identité. La transaction s'effectua très vite, ce qui ne tenait pas du hasard.

— Seriez-vous de la famille de Vivienne Margaux ? demanda-t-elle en étudiant mon permis de conduire.

— Je suis sa fille.

Elle prit un air entendu.

— Je vois…

Quelques minutes plus tard, j'émergeai sur la 5e Avenue, les facettes des diamants sur ma main accrochant le soleil.

En reprenant mon chemin vers la pointe de Manhattan, je coulai un coup d'œil à la dérobée à mon acquisition. Puis un autre en attendant que le feu passe au rouge.

Après quoi, je jetai un regard sur ma gauche.

Il n'avait pas bougé.

Aussi engageant que Tiffany.

33

— Le St Regis ! J'adore le St Regis ! s'exclama Claire.
L'hôtel leur était apparu lorsqu'ils avaient tourné au coin de la 55e Rue. Michael était passé prendre Claire chez elle, un appartement près de Bryant Park qu'elle partageait avec une collègue mannequin, et ils étaient ensuite remontés sur la 6e Avenue, puis la 5e. Pour plaisanter, il lui avait proposé de passer chez Tiffany. Encore un drôle de souvenir lié à Jane.

— Serais-tu riche, Michael ? avait-elle demandé en riant.

— Seulement en imagination.

En réalité, il lui suffisait de claquer des doigts pour obtenir presque tout ce qu'il désirait. Au sens littéral. Il frottait le majeur contre son pouce et des billets se matérialisaient dans sa poche. Il ne pouvait expliquer ce phénomène mais, pour tout dire, ne cherchait pas à le combattre. De toute façon, il n'avait pas besoin de grand-chose. Une vie simple, c'était encore ce qu'il préférait.

— Pouvons-nous entrer ? demanda Claire.

— Absolument. Le St Regis est *notre* endroit préféré !

Soudain, l'Astor Court se révéla à ses yeux. Tout dans le restaurant lui paraissait avoir changé, pourtant tout semblait exactement identique : des femmes en tenue de grand couturier, des pères régalant leurs enfants, des familles attaquant des petits-fours, des mille-feuilles, des tartelettes et des crèmes brûlées.

— Deux personnes ? demanda le maître d'hôtel.

— S'il vous plaît, oui, répondit Michael.

Il sentit son pouls s'accélérer un peu. Sans raison, pourtant. Ce n'était pas comme s'il allait croiser Jane ici. Pas même la petite Jane de huit ans.

Claire et lui furent installés dans l'atmosphère intime d'une table de quatre personnes, dont les deux sièges supplémentaires disparurent en un clin d'œil.

— C'est formidable ! se réjouit-elle. Cela fait cinq ans que je vis à New York et je n'étais jamais venue.

Michael lui sourit, heureux de pouvoir lui offrir ce plaisir. Ses yeux se promenaient sur chaque détail de la pièce, où le temps semblait avoir été suspendu. *Love in Bloom* en fond sonore, la montagne de desserts sur la table roulante, les plateaux de porcelaine garnis de petits sandwichs pour le thé... Rien n'avait changé.

À une exception : il n'y avait pas d'ami imaginaire mangeant du sorbet au melon, ni de petite fille de huit ans dévorant de la glace au café nappée de caramel. Le décor avait été dressé, mais il manquait l'un des personnages principaux.

Il manquait Jane.

Que fichait-il à tenter de recréer les après-midi les plus heureux de sa vie, avec Claire de Lune comme doublure d'une courageuse et épatante petite fille triste auprès de qui il avait laissé son cœur ?

Il regarda Claire.

— Tout va bien ?

Elle lui adressa un sourire rayonnant.

— Bien sûr. J'adore, Michael ! N'importe quelle fille adorerait. Et, au cas où tu ne l'aurais pas remarqué, je suis une fille.

Il déglutit.

— Oui, bon, ça, j'avais remarqué.

34

L'ivresse procurée par l'achat d'une bague hors de prix qui aurait pu servir d'éclairage sur une station spatiale commençait à s'atténuer, me laissant légèrement nerveuse, comme toute substance addictive qui se respecte. Je ressentais désormais le besoin impérieux de me délasser, de me calmer. Eh oui, puisque je vivais déjà une journée épouvantable, autant l'avouer : je pouvais m'autoriser un plaisir sucré. Le St Regis était l'endroit idéal. Au point où j'en étais... Mon ancien petit ami était un pauvre minable égotiste, ma mère me rendait folle, mais il n'y avait là rien de nouveau, et je venais de dépenser une fortune pour une bague inutile. À part cela, je tenais une forme olympique.

— Souhaitez-vous voir le menu, mademoiselle ? demanda le serveur.

Comment savait-il que j'étais une « demoiselle » ? Mes yeux me trahissaient-ils ? Ou ma posture ? Il me fallait reprendre le contrôle.

— Non, je vais me contenter d'un thé glacé, merci, répondis-je avec beaucoup de mérite.

— Très bien.

Je revins subitement à la raison. Du mérite ? De la folie, oui ! Trop tard. Oh, et puis au diable la modération, je venais de m'offrir une bague en diamants à Treize mille dollars !

— Attendez ! Tout compte fait, je vais prendre le sundae caramel. Avec de la glace au café.

— Un bien meilleur choix.

Je m'amusais à faire scintiller mes diamants, jetant des rayons laser aux quatre coins de l'Astor Court, lorsque le serveur me rapporta ma glace dans une coupe argentée plus grosse que la tête de Hugh. Jamais je ne pourrais tout terminer et quitter le restaurant d'un pas digne. Comment faisais-je pour engouffrer ce dessert à huit ans? Peut-être étais-je un peu plus rondouillarde que je ne le pensais. Non, bien sûr que non, il était seulement servi dans une coupe bien plus petite, à l'époque.

À la première cuillerée de ce délice, tous les vieux souvenirs se bousculèrent dans ma tête. Une expérience très proustienne, du genre *À la recherche des inavouables plaisirs perdus.*

Comme j'aimais les dimanches après-midi ici avec Michael, puis chez Tiffany avec ma mère, ou dans tout autre endroit que Vivienne daignait honorer de sa présence, tant que j'étais là.

Ces après-midi, où Michael et moi vagabondions dans notre petit monde imaginaire pendant que ma mère et ses amis papotaient ou travaillaient, représentaient-ils mes derniers instants de vrai bonheur? Si tel était le cas, j'étais plus pitoyable que je ne voulais bien l'admettre.

J'enfournai une autre cuillerée en m'assurant que la glace soit accompagnée de la bonne quantité de caramel. Hum… C'était exactement ce dont j'avais besoin. Un sundae et une grosse bagouse à la main droite. À cette pensée, j'agitai les doigts pour que les diamants captent la lumière.

Tant qu'à être pitoyable, puisqu'il me fallait m'y résoudre, je devais admettre que je croyais encore à l'ami imaginaire de mon enfance. Si seulement j'avais su comment interpréter cette foi inébranlable.

Soudain…

Je cillai, détournai le regard puis clignai encore des yeux.

Qu'est-ce que… ?

J'avais remarqué un homme et une femme assis quelques tables plus loin. Un joli couple, parfait pour le jeu auquel je jouais avec Michael.

Mais ce n'était pas ce qui me bouleversait tant.

Je posai ma cuillère, m'essuyai lentement la bouche avec ma serviette et les dévisageai franchement.

Des tremblements agitèrent mes mains et mes genoux, puis gagnèrent ma lèvre inférieure.

L'homme… Ce ne pouvait pas être…

Michael ?

Je battis à nouveau des cils, aussi vite qu'un chat dans un dessin animé. Une sueur froide perla sur ma peau parcourue de frissons.

Michael était en compagnie d'une très jolie femme avec des cheveux bruns aussi soyeux que du vison. Une femme superbe, même. L'un de ces mannequins incarnant un phénomène exquis de la nature. Michael m'avait toujours dit ne pouvoir officier en tant qu'ami imaginaire qu'auprès des enfants. Huit ans, c'était la limite. C'était la raison pour laquelle il m'avait quittée le jour de mon neuvième anniversaire. Devais-je comprendre qu'il avait obtenu une sorte de promotion ? Les adultes pouvaient-ils avoir des amis imaginaires ? Mais alors, où était le mien ?

Ou peut-être… peut-être cet homme n'était-il pas Michael. Enfin, évidemment que ce n'était pas Michael, qui restait, de toute façon, imaginaire.

Il lui ressemblait toutefois beaucoup. J'aurais reconnu ce sourire entre tous. Et ces yeux verts épous-touflants. Il était toujours aussi beau, peut-être même plus.

133

La possibilité d'être atteinte de folie me traversa l'esprit.

La belle affaire ! Que pouvais-je y faire, de toute façon ? Appeler le 911 ? Soudain, je réalisai que la démence avait le mérite de me rendre irresponsable de mes actes.

Libérée par cette pensée, je me levai et me dirigeai d'un pas décidé vers la table du couple.

Si cet homme n'était pas Michael… eh bien, je lui sauterais tout de même au cou. Il se pourrait que je l'embrasse aussi. Voire que je le demande en mariage.

Le jour où il m'avait quittée, Michael m'avait dit que je ne me souviendrais plus de lui. Jamais. Mais il s'était trompé sur toute la ligne : je me rappelais le moindre détail le concernant. Et c'était bel et bien Michael que je voyais en ce moment.

À moins que je ne sois complètement folle.

C'était quitte ou double.

35

— Si je mange tout ce sundae : a) ce sera entièrement de ta faute, pas de la mienne ; b) je ne pourrai
plus entrer dans mes vêtements pour mon shooting
de demain ; et c) je me ferai virer.

Michael rit.

— Regarde les bons côtés : tu pourras retourner
à l'université à plein temps, décrocher ton diplôme et
devenir plus vite une brillante enseignante.

Elle enfourna une grosse cuillerée de glace avec une
drôle de moue, le genre de grimace que seuls les mannequins sublimes et les jeunes enfants peuvent faire
sans rebuter leur interlocuteur. Peut-être seulement les
mannequins, tout bien réfléchi.

— Tu penses que c'est ce que je devrais faire ?

— Bien sû…

Michael fixa un point à l'autre bout de la pièce.

— La Terre à Michael ? lança Claire. *Ground control
to Major Tom.*

Il garda les yeux rivés sur le fond de la salle. Cela
ne pouvait pas se produire. Ne devait pas se produire.

Un instant, il paniqua. Puis il se rappela que
ce n'était qu'une coïncidence. Elle ne pouvait pas se
souvenir de lui, cela n'était jamais arrivé. Ils l'oubliaient
tous, toujours. C'était sa seule consolation.

Il s'affaira avec son menu, yeux baissés.

Sentant sa présence devant la table, il releva la tête
avec une nonchalance feinte.

Ses yeux bleus étaient écarquillés, son joli visage blême.

— Michael ?

Il la considéra en silence, incapable d'aligner deux mots cohérents, ou deux pensées.

Jane s'adressa de nouveau à lui. Pas la petite Jane. La Jane adulte.

— Michael ? C'est toi, n'est-ce pas ? Oh mon Dieu, Michael ! C'est bien toi !

36

Je reconnus à peine la voix chevrotante et râpeuse qui sortit de ma bouche. La situation menaçait de devenir embarrassante. Extrêmement embarrassante.

— Michael, c'est toi ? répétai-je.

Si jamais je me trompais, il ne me resterait plus qu'à tourner les talons et prendre mes jambes à mon cou.

Il inspira profondément.

— Vous me connaissez ? Vous en êtes sûre ?

Mon Dieu, se pouvait-il que mon vœu le plus cher soit sur le point de s'exaucer ?

— Bien sûr que je te connais. Je te reconnaîtrais entre mille.

Alors, il prononça mon nom. Tout simplement.

— Jane...

Les murs de l'immense salle de l'Astor Court semblèrent se resserrer autour de moi et les bruits de couverts se firent plus étouffés. Tout devint soudain irréel, et c'était peu dire. Rien de tout cela ne pouvait se produire, pourtant je ne rêvais pas.

La beauté qui partageait la table de Michael s'essuya la bouche avec sa serviette avant de se lever.

— La mystérieuse Jane ! remarqua-t-elle d'une voix dans laquelle ne perçait pas la moindre hostilité. Je dois y aller, Michael. Merci pour la glace et le conseil. Prends ma place, Jane, je t'en prie.

Elle me sourit, m'arrachant un clignement d'yeux. Elle était tellement plus éblouissante que moi.

137

Lorsque Michael se leva à son tour, je craignis qu'il prenne lui aussi congé. Cette fois, je n'entendais pas le laisser partir comme je l'avais fait à neuf ans, même s'il fallait pour cela le plaquer sur le magnifique tapis d'Orient de l'Astor Court.

Par bonheur, il se contenta d'esquisser un geste de la main vers la chaise vide.

— Je t'en prie, assieds-toi, Jane. Jane Margaux.

J'obéis et nous nous dévisageâmes en silence. J'avais l'impression de me trouver en face d'un personnage tout droit sorti de mes rêves, le héros de mon roman favori. Je savais que c'était parfaitement impossible, alors comment expliquer ce qui m'arrivait ? Je ne trouvais aucun éclaircissement logique. Une chance que j'aie renoncé à la logique à douze ans, à peu près l'âge où j'avais réalisé que je n'épouserais jamais Simon Le Bon. Michael semblait avoir entre trente et trente-cinq ans, comme avant. Ses taches de rousseur formaient toujours ce motif si particulier en travers de son nez. Ses sourcils, ses oreilles, ses cheveux, ses yeux : rien n'avait changé. Surtout pas ses beaux yeux, les plus doux que j'aie jamais vus. J'avais plongé dans leur vert d'une pureté inimaginable des millions de fois et je m'y noyais à présent avec délice.

Je lui posai alors une question sans détour.

— Michael, es-tu imaginaire ?

Il parut mal à l'aise.

— Disons que c'est une question de point de vue.

— Que fais-tu ici ? Comment est-ce possible ?

— Honnêtement, je n'en ai pas la moindre idée, répondit-il en levant les bras au ciel. Je sais juste que je suis à New York, que j'attends ma prochaine mission.

— Oh, ce n'était donc pas elle ? m'enquis-je avec une inclinaison de tête en direction de la porte.

138

— S'il y a quelqu'un qui ne devrait pas avoir à poser cette question, c'est bien toi. Tu sais que je ne le fais pas avec des adultes. Hum, j'imagine qu'il y a de meilleures façons de le présenter, remarqua-t-il avec un froncement de sourcils.

— Et tu t'es retrouvé à l'Astor Court par hasard ? Un dimanche ? Et moi aussi ?

Il haussa les épaules d'un air impuissant, visiblement aussi perplexe que moi.

— On dirait bien.

Dans une certaine mesure, il était réconfortant de le voir aussi décontenancé que moi.

— Jane...

Je n'en croyais pas mes oreilles. Mon nom prononcé par Michael. *Mon* Michael.

— Comment as-tu fait pour te souvenir de moi ? Ce n'est pas censé se produire.

— Je ne sais pas, répondis-je, gagnée par une étrange quiétude. Tu as dit que je t'oublierais, qu'au réveil je ne me souviendrais plus de toi, mais le lendemain j'ai compris que tu étais parti pour de bon. C'était comme si un coffre-fort m'était tombé sur la poitrine. Je n'ai pas pu sortir du lit. J'ai pleuré pendant des jours.

Michael me considéra avec consternation.

— Je... Je n'ai jamais oublié, c'est tout. J'ai pensé à toi tous les jours pendant vingt-trois ans. Et voilà que tu es là, de retour. C'est... C'est incroyable.

— Je suis tellement navré, Jane. Tout le monde oublie, normalement. Je ne t'aurais jamais causé autant de chagrin si j'avais pu l'éviter.

J'ancrai mes pupilles dans les siennes, remplie du fol espoir d'une fillette de huit ans.

— Ne t'en fais pas, je trouverai bien un moyen de te faire pardonner.

37

L'instant d'après, Michael et moi déambulions, par un beau dimanche après-midi, sur la 5ᵉ Avenue inondée de soleil. C'était comme dans un rêve. Enfin, je ne sais pas vraiment comment c'était, simplement que l'expérience me paraissait à la fois étonnante, grisante, troublante et déroutante.

À six ou sept ans, je devinais déjà l'humour, l'intelligence et l'incroyable gentillesse de Michael, mais devenue adulte – et femme –, je m'aperçus qu'il possédait bien d'autres qualités. Pour commencer, il savait écouter, ce qui le plaçait en tête de peloton parmi les hommes avec qui j'étais sortie.

— Raconte-moi, Jane. Raconte-moi tout ce qui s'est passé depuis ton neuvième anniversaire.

Je me lançai donc dans le récit de ma vie, tâchant de la rendre bien plus passionnante dans cette rétrospective orale que dans la réalité. Je me découvris un nouveau dada : faire rire Michael. Et croyez-moi qu'il s'esclaffa plus d'une fois cet après-midi-là.

En l'observant avec ma sensibilité d'adulte, je me rendis compte qu'il aimait la vie et les gens. Il percevait le côté amusant de tout et de rien, mais, surtout, il l'acceptait de bon gré, sans cruauté aucune. Fort d'un sens aigu de l'autodérision, il se classait joyeusement dans la catégorie des gens ridicules. En bref, il riait avec les autres, pas des autres.

— Qui était cette femme ? demandai-je au sujet de la grande brune du St Regis.

— Une femme ? Je ne me souviens d'aucune autre femme, sourit-il. C'est juste une amie, Jane. Elle s'appelle Claire.

— Une *amie* ?

— Pas ce genre d'amie.

— Dans ce cas, d'où vient cette marque rouge sur ton cou ? Serait-ce une morsure de vampire ? Attends un peu, je ne suis pas certaine de vouloir connaître les détails.

Non que je sois jalouse... de mon ami imaginaire d'enfance. Mon Dieu, il fallait se rendre à l'évidence : j'avais disjoncté.

— Je fais de la boxe.

Je tentai de l'imaginer sur un ring.

— Une autre chose que nous avons en commun, répondis-je. De mon côté, j'échange tous les jours des coups avec ma mère.

Il rejeta la tête en arrière et j'éclatai de rire avec un plaisir si vif qu'il en était presque douloureux.

J'avais bel et bien retrouvé Michael, le Michael de mon enfance, à la différence que je l'appréciais d'une tout autre manière maintenant que j'étais adulte. Son intelligence, son esprit, son allure... Je trouvais même que la pratique de la boxe et l'hématome sur son cou ajoutaient à son sex-appeal, une réaction tout à fait vieillotte et politiquement incorrecte. Son sourire contagieux, qui m'avait toujours comblée de bonheur, n'avait pas perdu son pouvoir au fil des ans.

J'avais l'impression de découvrir la vie, le cœur battant. Cependant, je gardais en tête la terrible possibilité que Michael disparaisse à tout moment, qu'il se tourne subitement vers moi pour me déclarer : « Tu oublieras tout de moi, Jane. C'est ainsi. »

Mais cela ne s'était pas déroulé de cette façon, alors peut-être y avait-il une chance d'y réchapper. L'espoir fait vivre.

— Oh, regarde, le Metropolitan Museum ! s'exclama-t-il. Nous avons encore une heure avant la fermeture.

Cela faisait-il vraiment moins de vingt-quatre heures que j'avais passé ici même l'une des soirées les plus épouvantables de ma vie ? J'avais l'impression qu'un an s'était écoulé depuis. À cet instant, je ne demandais qu'à y remettre les pieds. Avec Michael, tout était possible.

38

— Par où veux-tu commencer ? demandai-je une fois dans le vaste hall du musée.

— J'aimerais te montrer…

Il partit d'un rire rempli d'autodérision.

— Enfin, je suis certain que tu l'as vu un million de fois, mais j'ai toujours voulu voir cette salle avec toi. Tu me suis ?

— Oui.

À ce moment précis, Michael aurait pu me déclarer : « Je crois que je vais manger un bol de pâtée pour chat, tu veux te joindre à moi ? », que j'aurais répondu par l'affirmative. Il me prit le bras, un geste visiblement tout naturel pour lui, mais qui provoqua chez moi un délicieux frisson suivi d'un étrange vertige. Des sensations agréables en soi, sauf bien sûr s'il me venait la lubie de tomber raide évanouie. Tout perdrait alors subitement son charme.

Bras dessus, bras dessous, nous nous engageâmes dans le grand escalier. J'appréciais particulièrement d'être avec lui dans cet endroit, tout en restant consciente que le lieu où nous nous trouvions importait peu puisque je rêvais. Car je rêvais, c'était certain.

Nous prîmes à gauche et passâmes une grande porte en bois. Nous nous retrouvâmes alors dans l'une des plus belles pièces de la planète. De gigantesques toiles des nénuphars de Monet couvraient les murs tout autour de nous, nous emportant vers un autre monde.

— Pourquoi un aussi beau spectacle me donne-t-il envie de pleurer ? demandai-je, penchée contre Michael.

J'avais formulé spontanément une question qu'il ne me serait jamais venu à l'esprit de poser à Hugh.

— Je ne sais pas, répondit-il. Peut-être parce que la beauté, la vraie beauté, est bouleversante. Elle va droit au cœur. Peut-être libère-t-elle des émotions d'ordinaire emprisonnées au fond de nous.

Il cligna des yeux et esquissa un sourire timide.

— Désolé, j'ai trop regardé Oprah.

Je lui rendis son sourire, enchantée par cet homme qui savait se tourner en ridicule. Tout l'opposé de Hugh.

Nous nous promenâmes en silence dans la salle spectaculaire, nous en mettant plein les yeux et plein le cœur. Au bout d'un moment, nous savions l'un comme l'autre qu'il nous fallait partir.

— Je vais te raccompagner chez toi, si ça ne te dérange pas.

Me déranger ? Bien sûr que non !

— Non, c'est parfait, répondis-je. Ce n'est pas loin d'ici, sur Park Avenue, au niveau de la 75e Rue.

— Je sais.

— Comment le sais-tu ? m'enquis-je, surprise.

Il marqua une pause.

— Je le sais, c'est tout, Jane. Je sais certaines choses, voilà tout.

Au fur et à mesure que l'après-midi se muait en soir, l'air se rafraîchit et le ciel s'assombrit. Nous nous dirigeâmes vers l'est et Park Avenue, mais Michael ne me tenait plus la main et je commençais à redouter le moment où nous devrions nous dire au revoir. Je ne savais pas si je le supporterais. Ce que je savais, en revanche, c'était que je n'aurais pas le choix.

Sur la 80ᵉ Rue, nous longeâmes un somptueux édifice dont les portes vitrées révélaient un hall rempli de meubles anciens et des murs couverts de feuilles d'or. Au milieu trônait un grand vase en émail garni d'un gigantesque gardénia.

— Oh, j'adore les gardénias ! m'exclamai-je. Je raffole de leur odeur. Qu'est-ce que c'est beau !

— Continue sans moi, me commanda alors Michael. Je te rattrape.

Je poursuivis ma marche d'un pas nerveux, priant le ciel pour que Michael ne disparaisse pas, me retenant de jeter des regards en arrière. L'instant d'après, il était de retour près de moi avec, entre les mains, une fleur de gardénia blanche aux fragiles contours teintés d'un rose très pâle, qui embaumait l'air tout autour de nous.

— Comment fais-tu ?

— Quoi ? Pour te rapporter une fleur ?

— Non, pour être si parfait.

Je respirai le doux parfum de mon gardénia, soudain au bord des larmes.

Sans se donner la peine de répondre, Michael me reprit le bras, diffusant en moi sa chaleur familière.

Nous continuâmes vers Park Avenue, approchant dangereusement de notre destination. Je tentais de prolonger chaque seconde et réduisais l'allure à chaque foulée, mais il était impossible de repousser davantage l'inéluctable et nous finîmes par nous retrouver devant mon immeuble.

— Bonsoir, Miss Margaux, me salua Martin. Oh… bonsoir, monsieur.

Martin semblait connaître Michael, mais je devais me faire des idées.

Je mourais d'envie de lui proposer de monter, mais une telle initiative me semblait trop culottée, trop présomptueuse, trop Vivienne. Un silence embarrassé

145

s'installa entre nous, mais il aurait presque paru naturel comparé à la poignée de main polie que nous échangeâmes maladroitement. Non, je ne pouvais décidément pas le laisser s'évanouir tout simplement dans la nuit.

— Michael, je dois te demander… Je suis désolée, mais il faut que je sache. Est-ce que tu vas encore partir ?

Michael marqua une pause. Je sentis la pression augmenter avec une telle intensité dans mon crâne que mes oreilles semblaient sur le point de sauter comme des bouchons de champagne. Il me reprit la main avec un doux sourire.

— Je te verrai demain, Jane. Tu… Tu me manques déjà.

39

Le lendemain matin, alors que j'émergeais doucement, reprenant mes repères temporels, je ressentis
une vague impression de changement dans ma vie.
Soudain, je me remémorai Michael et mes yeux
s'ouvrirent comme des soucoupes. *Je vous en prie,
Seigneur, faites que ce ne soit pas un rêve,* implorai-
je en silence.

Avec l'impression d'être aussi fragile que du verre,
je tournai lentement la tête vers ma table de chevet.
Sur son plateau gisait la fleur de gardénia blanche,
celle que Michael m'avait offerte la veille.

Je touchai ses pétales pour m'assurer de leur réalité et, tranquillisée par leur contact sous mes doigts,
basculai les jambes sur le côté du lit. Ce n'était pas
un rêve.

C'était donc cela, être heureuse : l'énergie, le sourire automatique. C'était donc cela, aborder la journée
avec impatience, croire qu'elle pouvait apporter
de bonnes choses. Je découvrais un sentiment inédit
et très différent de ce dont j'avais l'habitude.

Dans la cuisine, je me servis un grand verre de jus
d'orange. Le témoin de mon répondeur me lançait des
clins d'œil frénétiques et, mon verre à la main,
j'appuyai sur la touche « Lecture » avant que le pauvre
succombe à une crise cardiaque.

« Jane, c'est moi. Je ne sais pas quoi dire... Écoute,
je suis vraiment navré. Je ne sais pas ce qui m'a pris.

Je me sens mal par rapport à ce qui s'est passé à Brooklyn. Appelle-moi et... »

« Effacer. »

« Jane-Chérie, je pense que c'était un tantinet cavalier de ta part de ne pas venir déjeuner. Je n'ai pas pu te donner ton baiser Et tu sais, Karl Friedkin est d'une importance vitale pour... »

« Effacer. »

« Jane-Chérie, je pensais à l'entrée de la quatrième scène du *Ciel soit loué.* Je ne sais pas quel écrivaillon de Hollywood a rédigé ce scénario... »

« Effacer. »

Je maintins la touche enfoncée pour supprimer les neuf autres messages sans prendre la peine de les écouter.

Je pris ensuite une douche, un peu plus froide que d'habitude. L'eau fraîche me revigora. Je savourai les frissons qui parcoururent ma peau et les pulsations du sang dans mes veines avec la formidable sensation d'être vivante. Pour une fois, mes yeux ne fuirent pas le miroir lorsque je m'essuyai. Finalement, tout n'était pas entièrement à jeter chez moi. Ma peau était fraîche et rose, mes cheveux mouillés épais et vigoureux. Avais-je des kilos en trop ? Bien sûr que non. J'étais bien roulée, avec des formes féminines. Oui, voilà à quoi devait ressembler une femme.

Je glissai dans une culotte mauve pâle en soie et ouvris mon dressing avec la certitude que je n'opterais pas pour une jupe et un chemisier noirs traditionnels.

J'enfilai mon pantalon préféré, un jean délavé souple et confortable, boutonnai une chemise blanche que j'avais toujours adorée et passai une ceinture de cow-boy autour de ma taille.

Je me sentais insouciante, heureuse et bien dans ma peau, peut-être pour la première fois depuis vingt-trois ans.

Après avoir complété ma tenue par ma nouvelle bague en diamants, je me mis en route pour le travail.

40

— Voici vos messages. Voici votre café. Et ce bruit de marteau-piqueur, ce sont les talons aiguilles de votre mère dans le couloir.

Mon assistante, MaryLouise, me tendit une grande tasse frappée du logo *History Boys*. J'avais aimé la pièce et le film, alors avais-je tort d'espérer que *Le ciel soit loué* connaisse le même accueil du public ?

— Hummm. Merci, c'est délicieux, remarquai-je après avoir avalé une grande gorgée de café.

— Super, quand on me virera, je pourrai toujours aller bosser chez Starbucks.

— Nous serons peut-être deux, marmonnai-je. Vive les baristas !

Je me plongeai dans ma pile de messages. Comme je m'y attendais, la plupart venaient de Hugh, de son infâme agent et de son manager sordide. À eux trois, ils m'avaient passé pas moins de onze appels. Eh bien, qu'ils aillent au diable !

— Je ne me suis pas fatiguée à vous donner les messages de…

La porte de mon bureau s'ouvrit à toute volée, révélant une Vivienne en furie.

— … votre mère, termina MaryLouise. Laissez-moi faire les présentations.

Ma mère avait les deux poings posés sur sa taille 34. Il me fallut toute la maîtrise de moi-même pour ne pas lâcher : « Prête pour le shoot des gros plans, Miss Desmond ? »

Le traditionnel baiser du matin à peine posé sur ma joue, elle commença le bombardement.

— Il est presque midi, Jane. Où diable étais-tu passée ? Et pour l'amour de Dieu, qu'est-ce que c'est que cette tenue ? Tu vas à un rodéo ou quoi ?

Je continuai à feuilleter mes messages. Rien de Michael.

— Je t'ai posé une question, remarqua Vivienne en haussant le ton et se penchant sur mon bureau pour mieux m'importuner. De manière très civile, devrais-je ajouter.

— Y aurait-il un autre sachet d'aspartame ? demandai-je à MaryLouise.

Opinant de la tête, mon assistante ouvrit un tiroir du bureau.

Ma mère resta sans voix un moment qui, il fallait s'en douter, ne dura pas. C'eût été trop beau. Alors que je mélangeais l'édulcorant dans mon café, elle trouva un second souffle.

— Bien... Je serais très intéressée d'entendre où tu étais toute la journée d'hier, jusqu'au soir, dit-elle d'une voix ferme. Je t'ai tant appelée que je crois avoir cassé la touche « Bis » de mon téléphone. La moindre des politesses exige tout de même que l'on rappelle sa mère, non ? Ton répondeur est-il en panne ? Ou dois-je voir dans cette attitude une sorte de crise d'adolescence avec vingt ans de retard ?

Confrontée à mon silence obstiné, Vivienne opéra un changement de tactique.

— J'ai appris ce qui s'était passé avec Felicia, Ronnie et ce pauvre Hugh.

Dans sa bouche, je semblais responsable d'une terrible catastrophe nucléaire.

151

— J'ignore ce qui ne tourne pas rond chez toi. Réalises-tu à quel point ils sont en colère ? Et c'est bien légitime. Parce que tu n'es qu'une tête de mule et que tu as tout faux. Je connais le show-business mieux que tu ne le connaîtras jamais, Hugh McGrath est parfait pour ce rôle. Sans Hugh, pas de film.

J'avalai une nouvelle gorgée de café et laissai tomber les billets de MaryLouise comme des confettis dans la poubelle.

— Tu as de la chance que je sois là pour limiter les dégâts, persévéra-t-elle. Nous allons devoir déjeuner avec ce pauvre Hugh et son équipe. Appelle Gotham Bar and Grill. Nous les retrouverons là-bas à 13 heures. Enfin... à condition qu'ils te laissent entrer en cow-girl.

Je vidai mon café.

— C'est fini ?

Ses yeux s'embrasèrent.

— Pour commencer, je suis adulte. Je suis sortie hier, avec un ami. Où ? Cela ne te regarde absolument pas. Non, mon répondeur n'est pas cassé. Mais j'étais occupée. Ce n'est pas une crise d'adolescence puisque, comme je l'ai déjà dit, je suis adulte. Je ne fais que me comporter en adulte, et je te suggère d'en faire autant. Maintenant, en ce qui concerne Hugh et le rôle dans le film, le débat est clos. Nous n'en reparlerons plus jamais. *Le ciel soit loué* est ma propriété. C'est moi qui ai obtenu le financement, c'est moi qui ai obtenu la participation du studio, et je veux un acteur meilleur que Hugh McGrath. C'est compris, mère ? Je ne veux plus jamais en parler. Je crains donc que le déjeuner avec Hugh et ses sous-fifres ne soit plus d'actualité. Je ne répondrai pas à tes critiques sur ma tenue, tout simplement parce que c'est moi qui décide de ce que je porte et que les opinions des autres ne m'intéressent pas.

Sauf celles de Michael, bien sûr.

— Et tu veux savoir, mère ? conclus-je. Je me trouve sensass !

Vivienne me regarda bouche bée, comme si des antennes m'avaient poussé sur la tête. Elle piétina et balbutia pendant quelques secondes, puis tourna ses talons aiguilles et sortit comme un ouragan, claquant d'abord ma porte, puis celle de son bureau au bout du couloir.

— Ce sera tout ? demanda MaryLouise.

— Je crois que nous avons fait le tour.

41

Que se passait-il en lui ? Et surtout, que se passait-il entre lui et Jane ? Qu'il soit pendu s'il en avait la moindre idée !

Michael entra dans la douche et tourna le mitigeur vers le chaud. La perspective de voir Jane aujourd'hui le remplissait de nervosité, d'impatience, de bonheur et d'appréhension. Tout à la fois. Il n'avait jamais éprouvé autant d'émotions et, pour ne rien cacher, il se sentait presque nauséeux. Après avoir flâné sous la douche, il s'enroula dans une serviette, essuya la buée sur le miroir au-dessus du lavabo et entreprit de se raser.

Il avait l'impression de ne pas reconnaître le visage que lui renvoyait la glace lorsqu'il y étala la mousse, avant de commencer à tracer de longues bandes de peau lisse à l'aide d'un rasoir à cinq lames d'une efficacité redoutable.

Ce fut alors que l'inattendu se produisit. Quelque chose qui ne lui était jamais arrivé auparavant. Quelque chose d'inconcevable. Il se coupa en se rasant. Pour la première fois de sa vie.

Un point rouge s'élargit sur son menton et se dilua dans la mousse à raser, formant une tache rose sur sa peau. Il observa l'évolution de la goutte de sang comme s'il assistait à un miracle, un phénomène aussi extraordinaire que de l'eau jaillissant d'un rocher ou la multiplication des petits pains et des poissons.

Quand il eut terminé de se raser, il se rinça le visage et colla un minuscule bout de papier toilette sur la coupure. Un pansement de papier toilette : une autre première incroyable.

Après avoir enfilé en vitesse les vêtements propres qui lui tombèrent sous la main, il sortit sur le palier. Au moment où il se retournait pour fermer à clé, Patty se glissa sur la pointe des pieds dans l'entrebâillement de la porte d'Owen.

Le rouge lui monta aux joues, trahissant un embarras un peu vieux jeu qui la rendait encore plus jolie.

— Salut, Michael. Vous vous êtes coupé en vous rasant, on dirait.

— Salut, Patty. Oui, ce n'est pas rien, hein ?

— Hum, sûrement, oui. Bon, je dois y aller, ma mère garde Holly. Je dois l'emmener à l'école puis filer au travail.

— Patty… Évitez les numéros, recommanda Michael.

Il aurait voulu pointer du doigt l'appartement d'Owen et ajouter « surtout celui-ci », mais il n'en fit rien.

— *Capitaine Furillo*, commenta Patty, le sourire jusqu'aux oreilles. J'adorais cette série. C'est ce que le sergent dit toujours à la fin d'un briefing, non ? Bon, à plus tard, Michael !

Elle s'engagea dans l'escalier et avait disparu lorsque Michael émergea dans la rue. Il espérait que tout se passerait bien. Il se sentait d'une certaine manière un peu responsable.

Il se concentra ensuite sur sa propre journée. S'il n'avait aucune idée de sa destination, il savait qu'elle aurait un rapport avec Jane.

— Je me suis coupé en me rasant ! s'émerveilla-t-il tout haut, récoltant des regards de travers de quelques passants.

42

Normalement, il retrouvait des « amis » pour boire un café et manger des viennoiseries. Mais ce matin il devait revoir Jane, lui parler, ne serait-ce qu'une dernière fois. Il s'embarqua donc dans une longue marche, au bout de laquelle il se risqua dans l'immeuble où elle travaillait. Ce qui lui avait d'abord paru une bonne idée sembla soudain une grosse erreur. Une de plus. Que fabriquait-il chez ViMar Productions ? Qu'imaginait-il y faire ?

— Bonjour, lui lança la réceptionniste, le faisant sursauter au beau milieu de sa retraite. Vous devez être comédien. Vous venez déposer votre CV ?

— Pourquoi ? demanda Michael en secouant la tête.

— Euh, vous vous êtes déjà regardé dans une glace ?

Il cherchait une réponse quand un vieux fantôme du passé traversa à grandes enjambées les immenses portes battantes rouges derrière la réceptionniste. Vivienne. Dieu tout-puissant, cette femme était un témoignage vivant des merveilles de la chirurgie esthétique. Combien de dizaines de milliers de dollars avait-elle bien pu dépenser pour tendre sa peau comme un élastique et obtenir cette surface parfaitement lisse ? Dans la série des miracles… Vivienne Margaux n'avait pas pris une ride.

Il trouvait à son front un éclat tout chirurgical et ses pommettes saillaient un peu trop, mais elle avait bonne mine. Elle était un peu plus frêle, peut-être, mais toujours aussi renversante. Et dynamique.

Son regard s'arrêta sur lui. S'il l'avait vue des milliers de fois, elle le découvrait pour la première fois.

— Tiens... Bonjour..., commença-t-elle, faisant tourner son charme à plein régime. Je suis Vivienne Margaux. Je connais tous les grands comédiens de New York, alors expliquez-moi pourquoi je ne vous connais pas. Ne me dites pas que vous ne parlez pas notre langue.

— Parfait, je ne le dirai pas, répondit Michael avec un sourire aimable.

— Et avec ça, un sourire à un million de dollars.

Elle lui tendit une main douce et lisse. Bon sang, elle s'était même fait tendre la peau des mains !

— J'ignore pourquoi nos chemins ne se sont jamais croisés, mais c'est un plaisir de faire votre connaissance. Que nous vaut cette visite ?

Toujours souriante, elle inclina légèrement la tête sur le côté avec la fausse timidité d'une écolière.

— Je viens voir une amie qui travaille ici.

— Vraiment ? De qui s'agit-il ? Mais je ne voudrais surtout pas être indiscrète...

— Jane.

— Je vois, répondit-elle, lèvres pincées.

Alors, avec une synchronisation parfaite, presque théâtrale, Jane débarqua à la réception.

Elle se figea une demi-seconde, surprise de le voir là, puis sa bouche s'étira lentement en un sourire ravissant dont Michael ne pouvait plus détacher les yeux. Elle s'approcha et, avec le plus grand naturel, décolla avec douceur le morceau de papier toilette resté sur son menton.

— Il se coupe, dit-elle.

— Et il saigne.

Vivienne crut bon de rappeler son existence.

— Je viens juste de rencontrer ton ami, Jane-Chérie, dit-elle d'une voix forte. Comment s'appelle-t-il ? Il joue les cachottiers.

— Michael, répondit-il.

— Michael quoi ? demanda Vivienne.

— Michael tout court, répondit Jane en appuyant sur le bouton d'appel de l'ascenseur.

— Oh, comme Sting ou Madonna !

— Tout à fait, confirma-t-elle, sereine.

Michael voyait bien que Vivienne brûlait d'obtenir plus d'informations, mais si Jane ne souhaitait pas lui donner ce plaisir, il ne s'en chargerait pas.

— Prête pour le déjeuner ? demanda-t-il.

— Je meurs de faim.

— Jane, tu viens juste d'arriver, observa Vivienne. Nous avons des réunions et des appels à passer. Et cette histoire avec Hugh n'est pas encore réglée.

— À plus tard, dit Jane d'une voix douce, comme si elle n'avait rien entendu.

Les portes de l'ascenseur s'ouvrirent avec un chuintement et tous deux pénétrèrent dans la cabine.

— Nous avons presque failli ne pas sortir vivants d'ici, Bonnie, observa-t-il tandis que les portes se refermaient.

— Presque, Clyde. Mais nous avons réussi. Ne te retourne pas, elle nous transformerait en statues de sel.

43

Si je pouvais choisir un moment de ma vie et le prolonger pour l'éternité, je sélectionnerais celui où je découvris Michael à la réception de ViMar Productions. Pas l'instant où mes yeux étaient tombés sur lui au St Regis. Pas notre promenade sur la 5ᵉ Avenue.

Non, ce serait cet instant, au bureau, parce qu'il supposait l'existence effective de Michael et affirmait, par conséquent, la réalité de tout le reste : notre rencontre de la veille au St Regis, notre sortie au musée, notre marche du retour, avec le gardénia. Tout cela s'était bel et bien produit. Ce qui impliquait qu'il existait un Père Noël, une Petite Souris et un George Clooney.

— Partons loin d'ici, lui dis-je.

— Parfait. Où veux-tu aller ?

— À Paris, mais je dois être de retour à 14 heures pour une réunion.

— Paris semble donc hors de question. Prenons un taxi, nous verrons bien où il nous conduit.

Michael claqua des doigts et un taxi s'arrêta juste devant nous. *Intéressant...*

— Qu'est-ce que c'est que ça ? m'émerveillai-je, les yeux écarquillés.

— Franchement, Jane, je ne sais pas. J'ai toujours eu ce don.

Dix minutes plus tard, nous nous promenions dans le West Village. Nous fîmes notre première escale dans l'une de nos anciennes boutiques préférées,

Lic-Lac Chocolates, qui avait déménagé sur la 8e Avenue. Au comble du bonheur en découvrant que le magasin n'avait pas disparu, je fis le plein de truffes au chocolat.

— Pour le dessert, déclara Michael.

Lui faisant remarquer qu'il ne pouvait plus me dire ce que je devais faire ou ne pas faire, j'enfournai une truffe avant même de sortir de chez le chocolatier, imitée par ce donneur de leçons.

— Copieur, le taquinai-je.

— C'est encore la flatterie la plus sincère.

Sur Hudson Street, nous entrâmes dans un magasin spécialisé dans les tirelires anciennes en fonte. L'une d'entre elles était dotée d'un bouton magique sur lequel il suffisait d'appuyer pour qu'un chien projette d'un coup de langue la pièce placée dans sa gueule dans la main d'un jongleur.

— Ouah ! s'exclama Michael. Cette tirelire coûte neuf cent quatre-vingt-quinze dollars !

— L'argent n'est pas un problème, remarquai-je d'une voix pompeuse. Si tu la veux, elle est à toi.

— Pas la peine de frimer, Crésus.

Mais il semblait content. Soudain, au beau milieu du magasin, il m'attira à lui et me serra dans ses bras sans un mot. À cet instant, je sus exactement ce que j'attendais de la vie : cette sensation, cette joie, cette étreinte.

Nous déjeunâmes dans un ravissant petit restaurant français qui ne portait d'autre nom que « Restaurant français ». Devant notre poulet-frites et notre verre de vin, nous parlâmes et parlâmes encore, avec liberté et sans gêne, comme si rien n'était plus naturel que de nous retrouver là, ensemble. Un homme et une femme. Ou devrais-je dire une femme et... un ange ?

Nous avions un retard de vingt-trois ans à rattraper. Autant dire une vie. Je racontai à Michael mes quatre années à Dartmouth, où j'étais la seule étudiante à ne pas vouloir entendre parler de ski. Michael rit quand je lui avouai que, la semaine de ma remise de diplôme, j'avais rejoint la secte Weight Watchers.

— Tu n'as pas besoin de ça, Jane. Tu es superbe. Tu l'as toujours été. Tu le sais, non?

— Franchement, non.

À dire vrai, je ne lui révélai pas tout. Je lui racontai les meilleures anecdotes du quotidien dans la boîte de production de Vivienne, mais je me gardai de mentionner le succès de la pièce de théâtre *Le ciel soit loué*, ou encore le tournage imminent d'un film sur une petite fille et son ami imaginaire.

Lorsque je réussis enfin à le faire parler de lui, il se montra d'une modestie charmante et d'une discrétion extrême. Il évoqua dans les grandes lignes les missions dont il avait gardé le meilleur souvenir au cours des dernières années : des jumeaux en Caroline du Nord, la fille d'une sénatrice dans l'Oregon, un acteur précoce – dont j'avais en effet entendu parler – au cœur d'histoires épouvantables à Los Angeles.

— J'ai un tas de questions sur ce « travail » d'ami imaginaire, lui confiai-je.

— Malheureusement, je n'ai pas beaucoup de réponses. Pourtant, j'aimerais, Jane. Dieu sait que j'aimerais…

Ce n'était pas une réponse satisfaisante, mais c'était certainement la seule que j'obtiendrais. Je lui posai alors une question encore plus personnelle. Une question que je mourais d'envie de lui poser.

— Tu as déjà eu quelqu'un? Je veux dire, une relation amoureuse?

Il gigota sur son siège, haussa les épaules.

— Je vois des gens, dit-il, esquivant adroitement le sujet. J'aime les gens, Jane. Tous les gens.

161

— Et je parie qu'ils te le rendent bien.

Michael ne semblait pas mal à l'aise, seulement réservé. Et mystérieux, comme toujours.

— Allons faire un truc, proposa-t-il en me prenant la main. N'importe quoi.

Et il arrêta un taxi d'un claquement de doigts.

44

Peu m'importait ce que nous ferions de cette journée, pourvu que nous la passions ensemble. En fait, nous aurions pu l'occuper à creuser des tranchées que j'aurais été au comble du ravissement.

Nous nous consacrâmes toutefois à une activité bien plus exaltante : parcourir en roller les sentiers à l'extrémité nord de Central Park, où le bitume est lisse et la circulation moins dense. Nous filions comme des anges sur l'asphalte, évitant de justesse les coureurs, les cyclistes et les promeneurs de chiens avec leurs meutes tapageuses et glapissantes. Tout au long de notre promenade, je me délectais de la compagnie de Michael en me demandant quelle étrange aventure je vivais. *D'autres ont-ils vécu cela avant moi ? Non, sûrement pas. Il doit y avoir une explication logique, même si je dois me faire à l'idée qu'il n'y en a peut-être pas...*

Je n'avais pas chaussé de patins à roulettes depuis mes dix ans. À l'époque, en me voyant sur ces engins, Vivienne m'avait traitée de godiche. Les années ne semblaient pas m'avoir donné plus de grâce naturelle. Au niveau de la 96ᵉ Rue, mon nez touchait presque le sol tandis que je peinais à atteindre le haut de l'une des collines les plus à pic du parc, les mollets et les cuisses en compote. Lorsque j'arrivai enfin au sommet, j'eus à peine le temps de le comprendre car je me mis à dévaler la pente vite, très vite, trop vite...

— Michael ! hurlai-je.

Il m'attrapa la main.

— Fais-moi confiance, me commanda-t-il.

Ce fut ce que je fis et, miraculeusement, je ne perdis pas l'équilibre et ne mordis pas la poussière. Michael prenait à nouveau soin de moi, comme avant.

Sains et saufs au pied de la colline, nous nous jetâmes sur l'épais gazon, haletants, à seulement quelques pas d'une vieille dame en fauteuil roulant accompagnée d'une infirmière en uniforme blanc.

— Je croyais que tu avais une réunion à 14 heures, remarqua soudain Michael en regardant sa montre.

— Je l'ai ratée.

J'éprouvais une étrange insouciance, une sensation toute nouvelle chez moi.

La vieille dame nous observait en souriant. Au moment où l'infirmière lui couvrit les épaules d'un châle et se mit à pousser son fauteuil, elle se retourna vers nous.

— Bonne chance, tous les deux. Vous formez un charmant petit couple.

Je ne pouvais qu'en convenir. Je me tournai vers Michael, dont le visage ne trahissait rien.

— Formons-nous un couple ? demandai-je, retenant mon souffle dans l'attente de sa réponse.

— Un couple ou des ploucs ? rit-il.

Ce n'était pas vraiment ce que j'espérais entendre, mais je jugeai plus sage de ne pas m'attarder sur la question.

Nous dînâmes dans le parc, de hot dogs chauds et épicés à souhait, badigeonnés de moutarde et de condiment. Puis nous continuâmes à bavarder en marchant, jusqu'à nous retrouver devant mon immeuble, comme la veille au soir.

— Eh bien voilà, nous y sommes, remarquai-je avec beaucoup d'originalité.

Nous nous tenions tous les deux immobiles devant la porte du hall d'entrée. Avec tact, Martin, le portier, s'éloigna de quelques pas.

C'est décidé, je vais demander à Michael de monter chez moi. Bien sûr que je suis chiche. Et Martin ne pourra qu'approuver.

Mais alors que les mots fatidiques allaient passer mes lèvres, Michael se rapprocha. *Oui. Oui, pitié...* Son visage n'était plus qu'à trois petits centimètres du mien. Je retins mon souffle. Je ne l'avais jamais vu de si près : sa peau lisse, ses yeux verts...

Il recula brutalement, comme gagné par la crainte.

— Passe une bonne nuit, Jane, dit-il. C'était une journée formidable, mais je crois que je ferais mieux de rentrer maintenant.

Il tourna les talons et s'éloigna d'un pas pressé sans un regard en arrière.

— Tu me manques déjà, murmurai-je.

Dans le vide.

45

« Passe une bonne nuit, Jane... Je crois que je ferais mieux de rentrer maintenant. »

Comment avait-il pu me servir une telle absurdité ? Comment envisager que je puisse passer une bonne nuit, et non une folle nuit blanche, alors que je m'étais perdue dans les yeux de Michael toute la sainte journée ? Me retrouver face à moi-même dans mon appartement était bien la dernière chose que je souhaitais.

Debout devant la fenêtre du salon, je contemplai la ville en mâchonnant un ou deux Oreo. Bon, d'accord, quatre Oreo. J'habitais à un étage suffisamment élevé pour dominer les immeubles voisins et jouir d'une vue merveilleuse sur Central Park. Je m'étais toujours sentie chez moi à New York, mais c'était encore plus vrai ce soir. Peut-être parce que je savais que Michael était là, quelque part dans ces rues. Mais qu'était-il donc ? Un ami imaginaire ? Un ange ? Une hallucination ? Aucune de ces explications ne me satisfaisait, mais je n'avais pas d'autres réponses.

Juste au moment où je me résignais, le téléphone sonna. Résolue à ne pas écouter ma mère ou Hugh péter une durite, je laissai le répondeur. J'entendis d'abord ma voix demander à l'interlocuteur de laisser un message, puis celle de mon amie Colleen. À l'université, nous fréquentions les mêmes clubs : lecture, cinéma, concerts de rock et voyages pour animaux domestiques. Nous avions certainement beaucoup moins en commun à présent.

« Janey, c'est Colleen. Quel dommage que tu ne sois pas chez toi. Nous n'avons toujours pas parlé depuis que je t'ai annoncé mon mariage avec Ben... »

Je me ruai sur le téléphone.

— Colleen. Je suis là. Je viens de rentrer. Comment vas-tu ? Je t'ai laissé un message, je te disais combien il me tardait de rencontrer ton gros bonnet de Chicago !

— Je sais, mais je voulais entendre ta voix, répondit Colleen. En direct. Je voulais avoir la vraie Jane.

— Tu l'as, ma belle.

Nous nous lançâmes donc dans une longue discussion. Au moment de raccrocher, environ une heure plus tard, j'aurais pu rédiger des articles sur l'union de Colleen et Ben pour la rubrique mariage du *Chicago Tribune*, du *New York Times* et du *Boston Globe*. Ben, le fils du docteur et de Mme Steven Collins, avait étudié au Boston College avant d'intégrer la faculté de droit de l'université du Michigan. Tiens, Colleen allait-elle adopter le patronyme de son époux ? Colleen Collins... je n'étais pas sûre que ce soit une bonne idée. Mais revenons à nos moutons : Ben avait ensuite travaillé deux ans au sein du bureau du procureur de Chicago et avait rencontré Colleen par le biais de sa belle-sœur, à l'occasion d'une fête à Martha's Vineyard. Il possédait un appartement avec vue sur le lac Michigan, où Colleen et son chat, Sparkle, emménageaient en ce moment. Lorsque mon amie attaqua le sujet de la garniture du gâteau de mariage, je l'interrompis, tentant de paraître aussi enthousiaste et convaincante que possible.

— Dis donc, on dirait que tu as tout organisé dans le moindre détail !

Malgré toute mon amitié pour Colleen, je me sentais capable de balancer le téléphone par le balcon si elle me disait que deux petites souris en tenue d'apparat trôneraient sur sa pièce montée.

— Oh, Jane. Je n'ai fait que parler de moi, moi, moi. C'est si gentil de ta part de m'avoir écoutée.

— Aucun souci. Je suis là pour ça. Et puis je suis tellement contente de te savoir si heureuse.

Et si j'étais un tant soit peu jalouse, eh bien, tant pis pour moi.

— La prochaine fois, c'est toi qui m'appelleras pour m'annoncer la bonne nouvelle. Alors, dis-moi, quoi de neuf de ton côté ?

— Pas grand-chose, répondis-je. Tu sais, le travail, les luttes quotidiennes pour dompter ma mère...

— Comme toujours, gloussa-t-elle.

Oh, et j'oubliais... Je crois que je suis en train de tomber amoureuse de l'homme parfait : doux, drôle et beau à tomber par terre. Un homme qui, devrais-je préciser, pourrait n'être qu'une création de mon imagination. En dehors de ça, la routine. Cette chère routine.

46

Michael était au rendez-vous le lendemain matin. Il attendait patiemment devant mon immeuble, comme au bon vieux temps. En chair et en os, et non sous forme d'hallucination. Du moins, l'espérais-je... Il tenait à la main un beau gardénia blanc.

— Bonjour, Jane, dit-il avec un air un peu chiffonné qui ne le rendait que plus adorable. Tu as bien dormi ?

— Oh oui, je suis tombée comme une masse, mentis-je. Et toi ?

Nous partîmes côte à côte, d'un pas parfaitement synchronisé, comme nous avions l'habitude de le faire pour aller à l'école tous les matins. Avait-il reçu la mission de s'occuper à nouveau de moi ? Me protégeait-il ? Mais pourquoi ? Le savait-il lui-même ? Pourquoi ne possédait-il pas toutes les réponses ? Il savait toujours tout quand j'étais petite, il n'était jamais dubitatif, jamais hésitant. Cependant, le fait qu'il semble aussi troublé que moi par les derniers événements le rendait, d'une certaine manière, infiniment plus humain.

L'air était frisquet pour une matinée de printemps, et le ciel menaçant, mais rien n'aurait pu me saper le moral. Pour la première fois depuis bien longtemps, j'étais remplie d'espoir.

En chemin, nous parlâmes sans interruption de tout et de rien, du passé et du présent, mais jamais de l'avenir. Ces conversations représentaient sans doute le plus bel aspect de notre relation, et de toute amitié

169

ou histoire d'amour digne de ce nom, d'ailleurs. Dieu m'en soit témoin, ce n'était pas l'envie de le saisir par le col pour l'embrasser qui me manquait. Évidemment, du haut de mes huit ans, je ne m'étais jamais rendu compte du sex-appeal de Michael.

— Jane ! Ça te dirait d'entrer là en souvenir du bon vieux temps ? me demanda-t-il sur Madison Avenue.

Il pointait de l'index une petite boutique des horreurs sur le trottoir opposé : le Muffin Man. Je ne comptais pas les matins où nous nous y étions rendus, lourds de culpabilité, une vingtaine d'années plus tôt. Pour être tout à fait honnête, j'avais perpétué la tradition.

— Accro des muffins un jour, accro des muffins toujours, dis-je. En avant !

— Si ma mémoire est bonne, le pomme-cannelle-noix était ton muffin préféré, remarqua-t-il tandis que nous faisions la queue dans la boutique.

— Ça l'est toujours.

Entre autres. Je n'étais pas très exigeante en matière de muffins.

Tandis que nous dévorions chacun un gâteau, arrosé d'un café frappé pour Michael et d'un déca pour moi, je réalisai avec surprise que je n'étais pas aussi affamée que d'habitude. Étrange… mais je n'allais pas m'en plaindre. En fait, ce qui me sidérait le plus dans ma relation avec Michael, c'était finalement de constater combien Hugh et moi parlions peu, combien nous partagions peu.

Michael et moi avions repris notre marche et ne nous trouvions qu'à un bloc du bureau lorsque le ciel s'ouvrit, déversant des torrents d'eau glacée.

— Nous pouvons attendre que ça passe sous une marquise ou piquer un sprint, proposa Michael.

— Je vote pour le sprint.

Curieusement, j'avais envie de courir en hurlant à pleins poumons.

Nous nous lançâmes donc sous la pluie, à travers les flaques à hauteur de cheville, entre les gens assez astucieux pour avoir pensé à prendre un parapluie. Cependant, j'eus la sagesse de garder mes cris d'abandon pour moi.

Nous nous écroulâmes presque sur le seuil de l'immeuble de ViMar Productions, trempés jusqu'aux os, mais riant comme des gamins, ou des adultes mentalement limités. Avec un sourire niais, nous nous rapprochâmes tout naturellement. Plus près, encore plus près. Oh, mon Dieu, je rêvais tant de ce moment.

Mais...

— À plus tard, dit Michael en s'écartant.

Son sourire avait disparu. Il fronça les sourcils.

— Si ça te convient... Peut-être que je... te dérange...

Il me dérangeait, maintenant ! C'était la meilleure ! Déterminée à ne pas le laisser partir comme un voleur, je l'attrapai par le bras et l'embrassai. Sur la joue. Un baiser humide de pluie mais brûlant de sentiments.

— Je te vois plus tard. Sache que, si cela ne tenait qu'à moi, je te verrais tout le temps, avouai-je, avant d'ajouter spontanément : Tu me manques déjà.

C'était tout moi, Jane Margaux : le goût du risque et de la vie en grand. La Jane de l'extrême.

Michael m'adressa un dernier regard rempli d'affection avant que je monte dans l'ascenseur plein à craquer et appuie sur le bouton de mon étage.

Dans la cabine, je ne pus m'empêcher de fredonner.

— Booorn to be wi-iild !

Oui, j'étais née pour être sauvage, pour vivre une existence débridée, et je me fichais bien de passer pour une timbrée aux yeux de tous.

Je nageais en plein bonheur.

47

Michael nageait en plein bonheur, lui aussi. Si ce n'était que le terme « patauger » aurait mieux convenu à son état actuel.

Afin d'obtenir quelques éclaircissements, il décida de retrouver des amis pour leur parler de Jane, de leur rencontre inopinée et de l'étrange phénomène par lequel elle se souvenait parfaitement de lui.

— Les sundaes au caramel, nos marches jusqu'à l'école, le jour maudit où je suis parti... Tout !

Bien que d'un grand soutien, ses collègues ne lui cachèrent pas leur étonnement. Aucun d'eux ne s'était jamais retrouvé confronté à une telle situation.

— Sois prudent, Michael, lui conseilla Blythe, sans doute la personne du petit groupe dont il était le plus proche. Pour toi et pour Jane. Les enfants sont censés nous oublier, il en est ainsi. Il en a toujours été ainsi. Il se passe quelque chose de très bizarre...

— Non, tu crois ? ironisa-t-il.

À 17 h 45, il se présenta dans les locaux de ViMar Productions et salua sa nouvelle amie, Elsie, la réceptionniste.

— Je ne pense pas que Jane m'attende, dit-il.

— Vous pensez mal, répliqua Elsie. Elle vous attend. Elle vous a attendu presque toute la journée.

Elle appela Jane par interphone. Celle-ci apparut à la réception l'instant d'après, fraîche et les joues si roses que Michael se demanda si elle ne rougissait pas.

— Je savais que je te dérangeais, dit-il.

— Qu'est-ce qu'il peut être agaçant ! remarqua Jane à l'attention d'Elsie.

— Oh, s'il vous plaît, dérangez-moi, moi aussi, supplia la réceptionniste à la soixantaine bien tassée.

Plus prévoyant que le matin, Michael avait apporté un parapluie sous lequel tous deux se réfugièrent avant de se mettre en route pour le Primavera, dans l'Upper East Side, papotant comme s'ils ne s'étaient pas vus depuis plusieurs mois.

— Dis-moi, tu regardes la télé ? demanda Jane en se serrant contre lui pour éviter une flaque d'eau.

— Surtout le câble. J'aime bien *Deadwood* et *Big Love*.

— Moi aussi ! Que fais-tu d'autre ? Qu'est-ce qui t'intéresse dans la vie ?

Michael réfléchit. Il n'avait pas l'habitude que les gens lui posent des questions sur lui. Comme Claire de Lune l'avait si bien remarqué, il se caractérisait surtout par sa capacité d'écoute.

— Euh… J'aime les matchs de football américain en direct. Corinne Bailey Rae. Les courses de stock-car. Cézanne. Les White Stripes.

— En bref, tout, rit-elle.

Il sourit jusqu'aux oreilles.

— À peu près.

Elle passa son bras sous le sien.

— Et qu'as-tu fait aujourd'hui ?

— J'ai vu des amis. Des amis qui… font le même boulot. Puis j'ai fait un long footing et une sieste.

— Ouah, quelle journée ! le taquina-t-elle.

— Hé, je te rappelle que je suis en vacances.

Le temps qu'il termine sa phrase, ils se trouvaient déjà devant le restaurant. Soudain, une question surgit dans l'esprit de Michael. Était-ce un rendez-vous galant ? Car cela y ressemblait beaucoup.

48

— Et ta journée à toi ? demanda Michael lorsqu'ils furent assis et eurent commandé une bouteille de frascati.

Je grimaçai.

— Pas trop mal, sachant que j'ai été convoquée six fois dans le bureau de Vivienne.

— Elle n'a pas levé le pied, en dépit des années.

— Pas vraiment. Peut-être un peu, en tout cas ces derniers temps. Tu sais, je produis un film. Une petite production, bien sûr, rien de grandiose. J'imagine qu'on pourrait parler de « film intimiste ».

— Comme *Le Chocolat*, remarqua Michael en souriant. J'ai adoré ce film.

Pendant le court silence qui suivit, je tentai de trouver comment parler du *Ciel soit loué* sans trop en révéler.

— Raconte, m'encouragea Michael. Dis-moi tout. J'aime bien t'entendre parler de ton travail.

— Tu es bien le seul, ris-je en m'efforçant de ne pas paraître trop amère. Mais pour en revenir au fait, nous avons un investisseur pour le film, Karl Friedkin. Lorsque je suis passée devant le bureau de Vivienne, ce matin, après que nous nous étions fait arroser, devine qui j'y ai vu ? M. Friedkin. J'ai donc demandé à MaryLouise, mon assistante, ce qu'il faisait là. Et devine ce qu'elle m'a répondu ?

— Que Vivienne était à la recherche d'un nouveau mari. Son quatrième, si j'ai bien tenu le compte.

Je laissai tomber le morceau de pain italien que j'agitais depuis le début de la conversation et dévisageai Michael.

— C'est fou, MaryLouise le savait aussi ! J'étais la seule à ne me douter de rien. Je dois être complètement bornée !

— Non, tu es juste trop gentille pour aller imaginer de telles choses sans que l'on t'aide un peu.

— Et toi, non ?

— Disons simplement que j'ai vu ta mère à l'action. Malgré tout, tu sais qu'elle t'aime, n'est-ce pas ?

Je fronçai les sourcils.

— Qui ne m'aimerait pas ? Je suis si gentille.

Le serveur vint prendre notre commande, un plat que nous décidâmes de partager. Je n'avais toujours pas beaucoup d'appétit. C'était curieux, mais tout bénef pour la balance. Je n'avais pas mal au cœur, pas la nausée, mais pas faim non plus.

Après deux expressos et deux sambucas, nous descendîmes Park Avenue vers le sud. La pluie avait cessé et j'utilisais le parapluie de Michael en guise de canne, martelant le sol en rythme. Soudain, je me lançai dans une version très embarrassante de *Singin' in the Rain*. C'était plus fort que moi, comme si je me voyais sauter d'une falaise sans pouvoir m'arrêter.

— *The suuun's in my heeeart, and I'm ready for looove…*

Au bout d'un moment, je réussis à reprendre le contrôle de moi-même.

— Désolée, je ne sais pas quelle mouche m'a piquée. C'est juste… Enfin, c'est la Jane dingo, m'excusai-je, les joues brûlantes de honte.

— J'aime la Jane dingo, répondit Michael. Et puis, tu n'étais pas dingo, tu étais très mignonne.

175

Des remarques comme celle-ci ne contribuaient qu'à accroître mon amour pour lui.

En relevant la tête, je vis que nous n'étions qu'à quelques blocs de mon appartement. Déjà. Nous continuâmes à marcher, en silence pour une fois. Allais-je lui proposer de monter? J'en avais tellement envie.

Je tentai de rassembler mon courage, me tournai vers lui et... En moins de temps qu'il n'en faut pour le dire, nous nous étions immobilisés et il m'avait prise dans ses bras.

Mes yeux s'écarquillèrent, puis se fermèrent en de lents battements à mesure que Michael approchait son visage du mien. Le souffle presque coupé au contact de ses lèvres contre les miennes, je sentis mon cœur faire un bond gigantesque, si puissant que Michael dut lui aussi sentir le soubresaut. Mon cerveau, qui à cet instant précis ne servait de toute façon plus à grand-chose, se liquéfia.

De toute ma vie, je n'avais jamais rien ressenti de tel, ni rien qui s'en approche. Au bout d'un long moment, notre étreinte se brisa. Je levai les yeux sur lui et, prenant une grande inspiration, balbutiai...

Mais déjà nos lèvres se cherchaient à nouveau, se trouvaient. Je ne savais pas qui avait commencé, mais rien n'importait d'autre que de sentir ses mains sur mon visage. Puis il me serra très fort contre lui dans un gros câlin comme je les aimais. Nous nous détachâmes, centimètre par centimètre, puis reprîmes nos baisers. Après quoi, nous restâmes cramponnés l'un à l'autre en silence. Au cours de cette étreinte, je pris conscience que je serais heureuse de rester ainsi pour le restant de mes jours. Que j'avais le vertige aussi. Je ne voulais pas que cela s'arrête. Jamais.

49

De retour de mon dîner romantique avec Michael, car il ne faisait pour moi aucun doute qu'il s'agissait bien d'un « dîner romantique », je n'eus guère l'occasion de revenir calmement sur les derniers épisodes. Quelqu'un se trouvait dans mon appartement.

La lumière du vestibule était allumée, tout comme les plafonniers de la cuisine et une lampe dans le salon.

Pendant une folle seconde, j'imaginai que ce pourrait être Michael. Qui savait ? Peut-être possédait-il le don de téléportation.

Cela dit, ce pourrait aussi bien être Hugh qui, si je ne me trompais pas, ne m'avait pas encore rendu la clé de mon appartement.

Le problème, c'était que je ne voulais surtout pas appeler « Hugh ? » si c'était Michael et vice versa. Un dilemme plutôt ironique pour une fille dont la vie amoureuse avait toujours été très vide.

— Il y a quelqu'un ? criai-je, après avoir pris une profonde inspiration.

Une voix me parvint du salon.

— Jane-Chérie…

Je pénétrai dans la pièce et découvris ma mère, confortablement installée dans un de mes fauteuils rembourrés.

— Je me suis dit que je ferais aussi bien de venir, expliqua-t-elle. Nous devons parler.

Plutôt m'enduire de miel et me ligoter à une four-milière.

— Oh ! Comment es-tu entrée ?

— J'ai toujours la clé dont je me suis servie pour les travaux.

Tiens donc ! Mieux valait ne pas me lancer sur le sujet. Soudain, l'idée d'un petit digestif post-dîner romantique me sembla excellente. Je me dirigeai vers le buffet qui recelait mes bouteilles d'alcool, une réserve dont j'aurais pu rougir.

— Je te sers quelque chose, maman ?

Vivienne se crispa en entendant le dernier mot, mais j'adorais l'appeler ainsi. J'adorais me rappeler que j'avais une mère... maternelle. Et puis, elle venait de pénétrer chez moi en mon absence, un acte digne d'une « maman ».

— Un cherry. Tu sais ce que j'aime, Jane-Chérie.

Je lui servis donc un verre de cherry, puis un petit whisky bien tassé pour sa bonne poire de fille, et m'assis dans le fauteuil en face d'elle.

— Santé !

— Jane-Chérie, je ne sais pas ce qui se passe avec Hugh, ou cet autre comédien, ou tout autre homme de passage dans ta vie bien remplie...

Son ton suggérait qu'il restait encore à déterminer si j'avais une vie bien remplie, voire une vie tout court.

— Dites-moi que je rêve ! Ma vie bien remplie ! ne pus-je m'empêcher de m'exclamer.

— S'il te plaît, m'arrêta Vivienne en levant la main, paume face à moi. Laisse-moi finir.

J'opinai du chef et bus une gorgée, grimaçant en sentant le whisky tracer un sillon ardent le long de ma gorge. Michael me manquait énormément. Déjà.

— Jane-Chérie, ce que je suis venue te dire c'est que...

Vivienne s'interrompit. Elle semblait chercher ses mots, ce qui ne lui ressemblait pas du tout. Je me redressai avec un froncement de sourcils. Était-elle déjà fiancée à Karl Friedkin ?

— Oui ? l'encourageai-je, abandonnant ma superbe.

— Eh bien… Je ne serai pas toujours là, tu sais. Quand je serai partie, la société sera à toi et tu pourras en faire ce qui te plaît, termina-t-elle précipitamment avant d'avaler une grande gorgée de cherry.

Jamais je ne l'avais entendue parler ainsi, ce qui commençait à m'inquiéter.

— Que veux-tu dire par là, mère ?

— Ne m'interromps pas. Il y a une dernière chose. Je ne te l'ai jamais dit, mais ma mère est décédée d'une insuffisance cardiaque à trente-sept ans. Tu en as trente-deux. Songes-y.

Sur ce, elle se leva et, après m'avoir déposé un baiser sur la joue, partit comme elle était venue.

Que diable voulait-elle me dire ? Pensait-elle que j'allais mourir d'un arrêt cardiaque ? Elle était méconnaissable et s'était comportée de façon très inhabituelle. Essayait-elle de m'annoncer qu'elle souffrait d'une maladie du cœur ? Non, elle m'aurait appris la nouvelle de façon bien plus théâtrale, avec de grands gestes et des pâmoisons à la Bette Davis.

Une fois de plus, Vivienne avait eu le dernier mot.

50

Très bien, très bien. Je savais qu'appuyer frénétiquement sur le bouton d'appel de l'ascenseur ne le ferait pas venir plus vite, mais c'était plus fort que moi.

Après mon dîner (tellement) romantique avec Michael et mon étrange discussion avec la mystérieuse Vivienne, j'avais dû dormir une vingtaine de minutes. Un autre jour commençait à présent et je priais pour que Michael m'attende dans le hall pour m'accompagner au travail. Mon Dieu, j'avais tellement envie de le revoir, ne serait-ce qu'une fois. *S'il vous plaît, s'il vous plaît, s'il vous plaît, faites qu'il soit en bas. Ne le laissez pas à nouveau sortir de ma vie.*

Un instant, j'envisageai de dévaler à pied les dix étages qui me séparaient de Michael.

Mon habilleuse personnelle de Saks Fifth Avenue, un cadeau d'anniversaire de Vivienne – existe-t-il meilleur cadeau qu'une habilleuse personnelle pour faire comprendre à quelqu'un qu'il vous fait honte ? –, m'avait fait livrer un tailleur pantalon Lagerfeld en soie vert-bleu pâle très chic dans lequel je ne me trouvais pas trop mal. Même pas mal du tout.

Bon sang, j'étais à tomber ! J'avais même perdu un peu plus d'un kilo. Un kilo entier ! Un exploit inédit !

Les portes de l'ascenseur finirent par s'ouvrir devant moi. Pendant tout le trajet, je dus me retenir de bondir sur place pour accélérer la descente de la cabine.

Je me raisonnai, m'évertuant à suivre mes propres conseils. *Jane, calme-toi.*

Lorsque l'appareil s'immobilisa enfin au rez-de-chaussée, j'affichai mon plus beau sourire, sentant mon cœur battre des records de vitesse dans ma poitrine. Les portes s'ouvrirent et...

Hector, le portier du matin, se tenait dans le hall. Seul.

— Bonjour, mademoiselle Margaux.

— Bonjour, Hector. Comment allez-vous ?

De mon côté, ça ne pourrait être pire.

Pas de Michael dans le hall.

Pas de Michael tapi devant la porte d'entrée.

Pas de Michael nulle part.

— Voulez-vous que je vous hèle un taxi ? proposa Hector.

— Je ne sais pas trop. Je vais peut-être marcher, tergiversai-je pour gagner du temps.

— Oui, bien sûr. C'est une belle journée pour marcher.

— Oui, magnifique.

Peut-être Michael était-il en retard... Aucune chance, Michael n'était jamais en retard. Il n'avait pas une seule fois manqué de ponctualité pour m'accompagner à l'école.

— Finalement je vais prendre le taxi, résolus-je.

Je patientai sous la marquise de l'immeuble en guettant un bout et l'autre de la rue dans l'espoir de voir le visage de Michael apparaître dans la marée d'hommes et de femmes d'affaires, de touristes et d'écoliers qui affluait sur Park Avenue.

Mais je ne repérai Michael nulle part dans la foule.

Avait-il encore une fois quitté ma vie ? Si tel était le cas, j'allais le tuer, même si le retrouver devait me prendre le restant de mes jours. Ou peut-être me contenterais-je de lui passer un collier avec une clochette.

Mais pourquoi avait-il pris la peine de revenir si c'était pour disparaître si vite?

51

À mon arrivée à ViMar Productions, je me sentais, quoiqu'un peu flageolante, curieusement très équilibrée et sûre de moi, de mon identité et de mes priorités dans la vie. Était-ce la raison pour laquelle Michael était revenu ? Pour apporter quelques retouches ou, pour être réaliste, des changements radicaux à mon assurance ? Était-ce également ce que Vivienne essayait de me faire comprendre la nuit dernière ?

Elsie agita la main derrière le bureau de la réception.

— Dans votre bureau. Une surprise...

Formidable ! J'étais vraiment d'humeur. Moi qui n'aimais déjà pas être prise au dépourvu dans les bons jours, je risquais fort de décamper avec des hurlements en découvrant ce que cette journée, fort mal partie, me réservait. J'ouvris la porte de mon bureau avec appréhension. Pour une surprise, c'était une surprise. Une très mauvaise surprise. Assis dans mon fauteuil, Hugh m'attendait en furetant tranquillement dans mon courrier.

— Maintenant que tu as fini avec les lettres, pourquoi ne regardes-tu pas mes e-mails ? ironisai-je en jetant mon BlackBerry sur le bureau.

— Jane...

Il se leva d'un bond et s'approcha, les bras grands ouverts. Il portait un jean délavé, des bottines Prada noires, la montre que je lui avais offerte à Noël et une

183

chemise en jean hors de prix vieillie pour ressembler à une fripe à moins de dix dollars.

Ignorant mon air consterné et ma rigidité presque cadavérique, il me serra contre lui. Je détournai la tête avec une grimace pour esquiver ses lèvres, qui ne firent qu'effleurer ma joue.

— Je ne suis plus en colère contre toi, me dit-il.

— Formidable ! J'aimerais pouvoir en dire autant. Mais je vais plutôt te demander de partir.

— Je vois que tu es rentrée sans encombre de Brooklyn.

Il attendit patiemment ma réaction à sa petite plaisanterie. Malheureusement pour lui, celle-ci se limita à un plissement d'yeux. Je dégageai sa main du creux de mes reins et allai m'asseoir derrière mon bureau.

— Hugh, que fais-tu ici ?

— Je suis venu voir mon amoureuse. Jane, allez... Laisse-moi une chance.

Difficile. Ce n'est pas que j'avais un cœur de pierre, simplement que j'avais un cœur qui ne battait plus, mais alors plus du tout, pour Hugh.

— Hugh, j'ai des tonnes de boulot.

Une expression implorante de petit garçon se posa sur son visage.

— Jane, j'ai besoin de ton aide. Je ne demande pas grand-chose...

Je tiquai, ce qui ne l'arrêta pas.

— Écoute, soyons honnêtes l'un envers l'autre. J'ai besoin de ce rôle au cinéma. J'ai besoin du *Ciel soit loué*. C'est bon, tu es contente ? Je me suis rabaissé. Humilié.

Je ne répondis toujours pas. J'avais bien compris le message, et je ressentais même un soupçon de pitié pour lui. Mais il n'en restait pas moins le Hugh qui avait tenté de marchander une bague de fiançailles contre un premier rôle et m'avait laissée en rade à Brooklyn.

— Tu peux faire une croix là-dessus, Hugh. Je suis désolée, vraiment navrée, mais tu n'auras pas le rôle. Tu n'es pas Michael.

— Mais bien sûr que si ! Nom de Dieu, Jane, c'est moi qui ai créé le personnage.

— Non, c'est faux. Tu n'as pas créé Michael, tu peux me croire sur ce point.

Il ouvrit des yeux grands comme des soucoupes et esquissa son fameux petit sourire mauvais.

— Sale petite merde ! cracha-t-il. Tu n'es qu'une fifille à sa maman qui se prend pour la boss et vit encore dans son petit monde de fées !

Je me levai derrière mon bureau, surprise de ne pas sentir mes mains s'agiter de tremblements.

— C'est bas, Hugh, même venant de toi.

— Tu peux te fourrer ton petit film ridicule là où je pense ! Je te rendais service en me portant volontaire pour figurer dans cette histoire à l'eau de rose merdique ! Ce film, il ne serait même pas au stade de projet si tu n'étais pas la fille de Vivienne Margaux. La pauvre fille en manque d'affection de Vivienne Margaux.

Mes yeux se remplirent de larmes. Par bonheur, Hugh ne sembla pas le remarquer, ce qui était bien ma seule consolation à cet instant. S'avançant à grands pas jusqu'à mon bureau, il pointa un index rageur sur moi.

— Tu as besoin de moi, Jane, pas le contraire. Tu as besoin de mon talent, pas le contraire. Heureusement d'ailleurs, car tu n'as aucun talent.

Tout devint rouge, comme dans les livres, et une rage intense m'emplit le ventre.

— Si j'étais toi, je n'en serais pas si sûr, dis-je. Tiens, regarde ça.

Je donnai de l'élan à mon bras et lui assénai le coup de poing le plus puissant dont j'étais capable.

S'ensuivit un long silence qui nous trouva aussi sonnés l'un que l'autre. Les deux mains plaquées sur son orbite gauche, Hugh me fixait de l'autre œil, écarquillé.

Une insupportable douleur commença à se propager dans ma main. D'un regard, je vérifiai que je ne m'étais cassé aucune articulation.

— Mon Dieu, Jane, aurais-tu complètement perdu la tête ?

Avec ma chance, Vivienne avait évidemment pénétré dans mon bureau à l'instant précis où mon poing s'écrasait sur la figure de Hugh. Il ne manquait plus que cela. Mais je ne doutais pas de réussir à lui faire oublier cet épisode... un jour... lorsqu'elle se serait enfin remise de mon choix vestimentaire pour la remise de diplôme au primaire, une hérésie dont j'entendais encore parler.

— Mais oui, bredouilla Hugh. Elle a perdu la boule !

Je ne pouvais guère contester leur point de vue. C'est vrai, que pouvais-je bien répondre ? « Je ne t'aurais pas frappé si mon ami, éventuellement petit ami, imaginaire avait été là » ?

Mieux valait que je m'abstienne.

52

Ma mère et ses satanés talons aiguilles avaient rappliqué dans une rafale de *clic clac* jusqu'à mon bureau, non pas pour me voir, mais pour s'assurer que j'avais accepté les minables petites excuses de Hugh.

— Jane, que se passe-t-il ?

— Elle est folle, voilà ce qui se passe ! s'écria Hugh.

— Rien du tout, mère, répondis-je calmement. Hugh et moi avons officiellement rompu.

— Rompu ? s'exclama-t-elle. Comment ? Pourquoi ? Quelque chose m'échappe dans tout cela. Or rien ne m'échappe jamais.

— Je comprends ta confusion, remarquai-je. Mais, à bien y réfléchir, nous n'avons jamais vraiment formé un couple. Notre histoire s'apparentait plus à un one-man show avec, parfois, un faire-valoir.

Ma mère me dévisagea avec de grands yeux, puis passa la tête dans le couloir.

— MaryLouise ! appela-t-elle.

Mon assistante, qui devait rôder dans les parages, soucieuse de ne rien rater du feu d'artifice, répondit en un temps record.

— Apportez des glaçons dans une serviette en lin, ordonna Vivienne.

On pouvait lui faire confiance pour préciser la matière de la serviette. Elle conduisit jusqu'au canapé calé contre le mur ce malheureux Hugh, qui la remercia pour sa sollicitude.

— Ça va aller. Je vais juste m'asseoir ici une minute. Vivienne, je ne sais pas ce que j'ai fait de mal.

Tout bien considéré, Hugh était parfois bon comédien.

Ma mère reporta son attention sur moi.

— Non, mais regarde un peu ce que tu as fait, Jane. Quelle mouche t'a piquée ? Tu ne peux pas lever la main sur des gens comme Hugh ainsi, par pur caprice. Tu aurais pu lui faire mal.

— Elle m'a fait mal, corrigea-t-il d'une voix étouffée.

— Pas plus qu'il ne m'a fait mal à moi, répliquai-je. J'imagine que tu n'es pas au courant du fiasco de la demande en mariage.

— Jane, ne prends pas ce ton désinvolte. Je suis sérieuse.

— Oh, moi aussi. Mais peut-être que mes sentiments ne comptent pas. Ce n'est que moi, après tout.

— Écoute, Jane, nous ne sommes pas dans ton petit monde imaginaire, tu ne peux pas faire tout ce qui te passe par la tête, poursuivit Vivienne.

— Ah bon ? Merci de m'avoir éclairée sur ce point, rétorquai-je, revêche, en croisant les bras sur la poitrine.

— Je ne vois pas ce que Hugh peut avoir fait pour mériter des violences physiques.

— Vraiment ? Quand tu auras quelques heures, je te dresserai la liste. Mais en attendant je veux vous voir tous les deux sortir de mon bureau.

Les joues de Vivienne s'enflammèrent. Elle s'avança d'un pas résolu, ne s'immobilisant qu'à quelques centimètres de mon bureau.

— Ce n'est pas *ton* bureau mais *mon* bureau. Le moindre cendrier, la moindre table, le moindre ordinateur, la moindre cuvette de toilettes, le moindre bout de papier, la moindre imprimante…

Je la fixai bouche bée.

— Tu ne travaillerais pas ici sans moi. Et encore moins si j'avais su que tu allais agresser un acteur aussi talentueux que Hugh McGrath. Rien ne m'oblige à tolérer un tel comportement.

— Tu as raison, mère.

Sentant la rage bouillir en moi, je me penchai pour attraper ma sacoche en cuir noir et balayai d'un grand geste tout ce que je pus rassembler sur le bureau : papiers, lettres, stylos, photos et, surtout, le fichier rotatif avec tout mon carnet d'adresses.

— Ne sois pas absurde, Jane.

— Oh, je ne le suis pas, Vivienne. En fait, je n'ai jamais été aussi sensée.

Et, parce que c'était plus fort que moi, j'ajoutai :

— Désolée.

Puis je passai devant elle et Hugh, soudain prise de la folle envie de lui jeter à la figure un « Pas de bisou, aujourd'hui, mère ? ».

Après avoir failli percuter MaryLouise, je longeai le couloir en direction de l'ascenseur, entendant mon assistante s'excuser.

— Il n'y avait pas de serviette en lin, madame Margaux. Il faudra vous contenter de coton.

53

Ce matin-là, Michael s'équipa de ses écouteurs et courut jusqu'à l'Olympia Diner pour voir Patty et s'assurer qu'elle allait bien. Ne la trouvant pas, il s'assit et engloutit un énorme petit déjeuner bien gras en essayant de donner un sens aux derniers événements. Au fait qu'il croyait être en train de tomber amoureux de Jane Margaux.

Il présentait tous les symptômes : martèlements du cœur contre la poitrine, paumes moites, distraction rêveuse, une dose d'immaturité et des picotements de bonheur dans tout le corps. Après ce qui s'était passé la veille au soir, il ressentait le besoin impérieux de la revoir le plus tôt possible. Pis encore, de l'embrasser. Il irait la chercher au travail ce soir. Il savait qu'il n'arriverait pas à rester à l'écart, même si c'était sans doute la meilleure chose à faire, pour tous les deux.

Au moment où il poussait la porte de son immeuble, il manqua bousculer Patty et sa fille. Une rencontre qui ne présageait rien de bon.

Patty pleurait. Quant à la petite fille, elle semblait triste et perdue, une expression que Michael avait souvent vue sur le visage de ses protégés et qui ne manquait jamais de lui briser le cœur.

— Bonjour, Patty.

Il se baissa devant la fillette.

— Salut, toi. Tu es Holly, c'est bien ça ? Que se passe-t-il ?

— Ma maman est triste, répondit la fillette. Elle s'est séparée de son amoureux, Owen.

— Ah ? Mais ta maman est très forte, tu sais. C'est une dure à cuire. Et toi, ça va ?

— Je crois, oui. J'en ai parlé à mon amie Martha, l'informa-t-elle, en baissant d'un ton. Elle est invisible, vous savez.

— Oh, je vois.

Martha se tenait juste devant lui, les traits tirés par l'inquiétude. Elle le salua d'un petit geste de la main.

— Salut, dit Michael avec un clin d'œil à l'adresse de Holly. Comment vas-tu, Martha ?

Martha ondula la main de gauche à droite pour signifier « couci-couça ».

Michael se redressa, déterminé à ne plus tourner autour du pot.

— Vous êtes une personne géniale, Patty. Vous le savez, non ? Owen est... Owen n'est simplement pas prêt à jouer dans la cour des grands.

— Merci, Michael. Vous n'y êtes pour rien, répondit Patty. C'est ma faute.

Elle prit Holly dans les bras et descendit les marches du perron d'un pas pressé, suivie de Martha.

— Owen est un con ! maugréa cette dernière en passant devant lui.

Après avoir regardé le trio s'éloigner, Michael monta en courant les quatre étages jusqu'à son palier et se dirigea vers la porte d'Owen sans plan précis. Il avait déjà le poing levé quand il se ravisa.

Et puis tant pis ! Owen Pulaski n'en valait pas la peine. Il ne changerait probablement jamais. Quelque chose avait dû se produire dans son enfance pour le perturber ainsi. À bien y réfléchir, quelque chose avait dû se produire dans l'enfance de la plupart des hommes... Or, cela, il ne pouvait y remédier. Qu'y pouvait-il si les petits garçons n'étaient pas autorisés à montrer leurs sentiments ? Un état de fait qui leur paraissait injuste et les mettait, parfois pour le restant de leur vie, dans une colère noire qu'ils passaient sur tout le monde, en particulier les femmes.

Soudain, la porte s'ouvrit sur Owen, visiblement surpris de voir Michael. Une expression coupable traversa son visage, bien vite balayée par son insupportable sourire d'autosatisfaction.

— Hé, Mike ! Ça roule, mec ?

Incapable de se contrôler, Michael lui balança un coup de poing.

— Je te juge, Owen. Et je te condamne !

Mais il ne put s'empêcher d'aider cet empoté à se relever.

— Laisse-moi te dire que tu as tout faux, Owen. L'amour est la plus belle chose dans la vie. Ce sera difficile, mais je te conseille de trouver une femme qui t'aime et de faire de ton mieux pour le lui rendre. Et pas Patty, ou je reviendrai te voir.

Puis il repartit battre le pavé. Il devait voir Jane. Tout de suite.

54

Vingt-cinq minutes plus tard, Michael trépignait dans l'ascenseur montant à l'étage de ViMar Productions, poussé par un sentiment d'urgence. Lorsque les portes s'ouvrirent devant lui, il sut que quelque chose ne tournait pas rond. Elsie avait troqué son habituel sourire chaleureux contre une mine bouleversée.

— Je viens voir Jane.

— Elle n'est pas là. J'espérais qu'elle était avec vous, elle est partie il y a une demi-heure.

Des exclamations de Vivienne lui parvenaient du couloir, derrière les portes battantes. Il reconnut également la voix stridente de l'acteur de pacotille, Hugh. Il n'arrivait pas à comprendre ce qu'ils disaient, mais il saisit les mots « Jane » et « malade ». Une chose était sûre, ils parlaient sur un ton paniqué.

— Cette fille n'a pas idée de l'amour que j'ai pour elle, s'écria Vivienne. Pas idée !

— Que s'est-il passé ? demanda Michael à Elsie. Jane va bien, au moins ?

— C'est que… je n'en suis pas sûre… Elle a eu une dispute terrible avec sa mère et son petit ami…

Ce n'est pas son petit ami !

Michael ouvrit la bouche pour corriger la réceptionniste mais se ravisa, jugeant plus sage d'écouter la suite.

— Tout ce que je sais, c'est que Jane est partie comme une furie en me criant : « Mettez tous mes appels en attente. Pour la fin des temps ! »

Sa phrase à peine terminée, les portes s'ouvrirent sur Vivienne et Hugh. En voyant ce dernier coller une serviette contre son visage, Michael se prit à espérer que quelqu'un lui avait arrangé le portrait. Jane, par exemple…

Vivienne agita le doigt vers lui comme un impitoyable professeur de *Superficial Academy*.

— Vous ! Vous n'y êtes pas pour rien. Jane n'a jamais eu un tel comportement avant. Vous l'avez corrompue ! l'accusa-t-elle d'une voix pleine de venin.

— Je ne vois pas de quoi vous parlez, l'interrompit-il. Jane est adulte. Et elle est incorruptible ! Pas comme ce Hugh !

Les yeux de Hugh se plissèrent. En moins de deux, il bondit sur Michael en balançant un crochet magistral comme on n'en voit que sur les plateaux de tournage. Michael bloqua aisément le coup et, par réflexe, lui flanqua un uppercut dans le creux de l'estomac. Le comédien se plia en deux et se laissa tomber par terre, plus sonné que blessé.

Michael le considéra, encore plus stupéfait. Deux coups de poing en moins d'une heure !

— Je suis désolé, commença-t-il, avant de changer d'avis. Enfin, non. Tu l'as bien cherché, Hugh. Je regrette un peu pour Owen, mais je suis très content pour toi.

— Elsie, appelez le 911 ! hurla Vivienne, le visage écarlate. Appelez la sécurité ! Appelez quelqu'un ! Et vous…, lança-t-elle d'un ton hargneux à Michael. Vous… N'approchez plus Jane, ni Hugh, et ne mettez plus jamais les pieds dans ce bureau !

— Ça vous ira si je ne m'en tiens qu'à deux sur trois ?

55

L'instant d'après, Michael battait à nouveau le pavé. Il éprouvait les mêmes symptômes qu'auparavant, mais dans une version plus inquiétante : l'angoisse, la crainte, un poids désagréable dans la poitrine. Il se posait toujours autant de questions sur Jane et sur lui-même. En passant devant l'un des quelques téléphones publics que la ville comptait encore, il réalisa qu'il n'avait même pas le numéro de portable de Jane.

Il ne voyait pas l'intérêt de se diriger vers la 75ᵉ Rue Est. Si Jane avait quitté le bureau dans une rage folle, ce n'était pas pour se réfugier dans son appartement, où Vivienne irait la chercher en premier. Où pouvait-elle bien être allée ?

Il continua de marcher. Quand il en eut assez de marcher, il se mit à courir et, quand il en eut assez de courir, il accéléra sa foulée. Les passants se tenaient à distance respectueuse, comme s'il souffrait de folie. Peut-être avaient-ils raison. S'il y avait une chose que les New-Yorkais savaient reconnaître, c'était bien la folie.

Il mit ses écouteurs et se laissa porter par la voix apaisante de Corinne Bailey Rae. Sans but particulier, il remonta Riverside Drive et, au niveau de la 110ᵉ Rue, vit les flèches de la cathédrale St John the Divine transpercer le ciel au-dessus de lui.

St John the Divine, la plus grande cathédrale du monde, devait ce prestigieux titre au fait que l'église de Saint-Pierre de Rome ne soit pas considérée, à proprement parler, comme une cathédrale. Michael était assez calé sur ce genre de chose. Il avait toujours beaucoup lu et se considérait comme un perpétuel étudiant.

Dans Cathedral Parkway, il passa par l'une des petites entrées aménagées dans les immenses portails pour pénétrer dans le lieu saint, où il se signa et s'agenouilla.

Dans l'immensité de l'église, qui s'étendait au moins sur cent quatre-vingts mètres de long, il se sentit soudain très petit. Il se souvint avoir entendu ou lu quelque part que la statue de la Liberté tiendrait sans mal sous le dôme central ; il le vérifiait à présent de ses propres yeux.

Ainsi agenouillé dans la cathédrale, il se sentait tellement... humain. À dire vrai, il n'était pas certain d'aimer. Mais il n'était pas certain, non plus, de ne pas aimer.

56

Michael coupa le flot de musique dans ses écouteurs et se mit à prier. Il voulait des réponses, en avait désespérément besoin, mais aucune ne semblait venir. Au bout d'un long moment, il releva la tête pour contempler le spectacle grandiose offert par la cathédrale. Il aimait le moindre détail de son architecture et de son atmosphère : son mélange de styles gothique et roman, ses chapelles rayonnant sur les bas-côtés, ses colonnes et arcs byzantins, l'écho des voix, les notes égrenées par un organiste invisible. Dieu demeurait en ce lieu, il ne pouvait en être autrement.

Lorsque ses yeux s'arrêtèrent sur la magnifique rosace au-dessus de l'autel, une immense sérénité l'envahit et son cœur s'apaisa.

Alors, à sa grande stupeur, il sentit une larme se former dans son œil. Elle grossit, lui brouilla la vue puis roula sur sa joue.

— Que m'arrive-t-il ? chuchota-t-il.

Il s'était coupé en se rasant, avait mis KO deux types dans une même journée et voilà qu'il pleurait. Pis, une accablante tristesse s'emparait de tout son être. C'était donc cela le chagrin, la douleur dans le cœur, le nœud dans la gorge sur lesquels il avait tant lu et entendu sans jamais les éprouver.

Maintenant qu'il en faisait l'expérience, il trouvait le chagrin particulièrement pénible et désagréable. Il voulait que cela cesse. Il claqua des doigts, mais ne ressentit pas le moindre soulagement. À croire qu'il ne contrôlait plus la situation... Il était perdu, désemparé, en proie à une immense confusion. Les battements frénétiques de son cœur avaient laissé place à une infime douleur lancinante, dont chaque élancement lui apportait un peu plus de clarté, comme une intuition. Une terrible intuition.

Et peut-être... un message.

Michael crut obtenir une réponse à ses prières, mais pas celle qu'il aurait voulue. Il crut savoir pourquoi il était de retour à New York, pourquoi il avait croisé Jane Margaux par hasard. Des sensations proches de la prémonition précédaient toujours ses nouvelles missions, or c'était ce qui se produisait à cet instant. Le message était clair, limpide, plus qu'aucun autre avant. D'aussi loin qu'il se souvînt, il ne l'avait jamais ressenti avec un tel déchirement.

— Oh non ! murmura-t-il. Pas ça !

Pourtant il devait se rendre à l'évidence. Cela expliquait tout ce qui était arrivé jusque-là. C'était la pièce manquante du puzzle qu'il essayait d'ordonner depuis le début. Cela expliquait pourquoi il avait retrouvé Jane. C'était la réponse à toutes ses questions.

Il reposa les yeux sur la glorieuse rosace, les fit glisser jusqu'à l'autel. Même s'il peinait à l'admettre, aucun doute ne subsistait.

Des années plus tôt, Michael avait aidé Jane à faire ses premiers pas dans la vie, il l'avait guidée sur le chemin.

Aujourd'hui, il avait été choisi pour l'accompagner au bout de ce chemin. Il le comprenait parfaitement maintenant que tout lui apparaissait avec beaucoup de netteté. Cet enchaînement d'incidents pointait vers la condition humaine. Vers la mort.

Jane allait mourir.

C'était la raison pour laquelle il se trouvait à New York.

TROISIÈME PARTIE

La vie est une bougie dans le vent

57

Appelez cela un message, un avertissement ou, peut-être, une intuition. Le fait est que j'avais ressenti le besoin de me rendre dans l'un de nos endroits à nous : la volée de marches devant le Metropolitan Museum, mon point de vue favori à New York depuis que, petite fille, j'y venais avec Michael.

Lorsque j'étais sortie comme une bourrasque de ViMar Productions, j'avais spontanément demandé au chauffeur de taxi de m'y déposer. En s'apaisant, ma rage s'était transformée en une énergie positive qui approchait vaguement de la force. Du moins était-ce ce que je voulais croire. Ne dit-on pas que ce qui ne tue pas rend plus fort ? Je n'avais jamais particulièrement aimé cette expression, mais en cet instant je ne faisais pas la fine bouche.

Assise sur les marches depuis un moment déjà, j'observais le spectacle qui m'entourait. Tous les bourgeons printaniers semblaient avoir éclos : des fleurs de pommier roses, des azalées constellées de rouge éclatant, un damier or et orangé de soucis tapissant un jardin sur la 5e Avenue.

Des écoliers déboulaient de bus scolaires garés devant le musée. Non loin de moi, de vieilles dames montaient prudemment l'escalier, appuyées sur leur canne, sans doute pour aller admirer la garde-robe de

Jackie Kennedy, comme je l'avais fait à peine quelques jours plus tôt.

Deux adolescents s'étaient installés à quelques marches de moi. Je prenais plaisir à les regarder s'embrasser avec passion, à les voir éperdument amoureux. Étais-je, moi aussi, amoureuse ? D'un amour éperdu ou perdu d'avance ?

J'avais toutefois une bonne raison de me réjouir : j'avais l'impression qu'un poids énorme avait été ôté de mes épaules. J'étais libérée de Vivienne, de Hugh, des pressions de mon travail, de la routine du 9 heures-17 heures (ou plutôt du 9 heures-21 heures), de l'angoisse de savoir si je présentais bien ou pas. Au moins pour les minutes à venir.

Je n'attendais qu'une chose de la vie : Michael. Je savais que je ne pouvais compter sur son assiduité, que lui-même ne contrôlait pas tout à fait ses faits et gestes. Je savais qu'il pouvait disparaître du jour au lendemain, que c'était sans doute inéluctable. Mais l'amour prend des risques et c'était un risque que je voulais prendre. Pour une fois dans ma vie, je savais ce que je voulais.

C'était déjà un bon début, non ?

J'entendis un raclement de gorge au-dessus de moi. Je levai les yeux, obligée de mettre ma main en visière pour les protéger de l'éclat aveuglant du soleil.

— Excusez-moi, mademoiselle. Cette place est-elle prise ?

— Comment savez-vous que je suis une « demoiselle » ?

58

C'était Michael ! Il m'avait trouvée. Mais, mon Dieu, quelle épave !

— Que t'est-il arrivé ? demandai-je après l'avoir jaugé d'un coup d'œil.

— Pourquoi ? Qu'est-ce que j'ai ?

— On dirait que tu n'as pas dormi depuis des jours. Tes yeux sont injectés de sang, tes vêtements sont trempés de sueur, tu...

Il s'assit près de moi et me prit la main.

— Jane, ça va. Tout va bien.

Il se pencha pour m'embrasser dans le cou. Un baiser doux, un baiser violent. J'ignorais lequel des deux, mais je m'en fichais. Quand il posa ses lèvres sur les miennes, je sentis tous mes nerfs s'embraser. Il m'embrassa par vagues, ses baisers affluant et refluant. Je plongeai mes yeux dans les siens, le corps entièrement parcouru de frissons.

— Pourquoi n'es-tu pas au travail ? demanda-t-il.

Avec beaucoup d'efforts, je me concentrai sur la question qu'il venait de m'adresser. Mais quelque chose me disait qu'il savait déjà tout.

— Jane ?

— Pourquoi je ne suis pas au travail ? Parce que j'ai envoyé mon poing dans la tronche de ce petit merdeux de Hugh McGrath. D'ailleurs, je me suis fait mal au passage.

Michael effleura mes mains avec ses lèvres.

— Parce que, pour une fois, j'ai dit à ma mère où elle pouvait se mettre ses foutues remarques, ce qui m'a procuré une immense jouissance. Parce que j'ai démissionné d'un travail où je passais le plus clair de mes jours, voire de mes nuits.

Michael me sourit avec tendresse.

— Hip hip hip ! Hourra ! Formidable, Jane !

— « Formidable, Jane ! », ris-je. J'espère que tu ne penses pas avoir terminé ton boulot. Parce que tu en es loin.

— Tu es un projet interminable : changeant, évoluant, surprenant.

— Très bon fragment de phrase. Tu t'es entraîné, on dirait.

Je me penchai pour l'embrasser.

— J'ai pris une grande décision : j'en ai marre d'être malheureuse et opprimée, je veux vivre ma vie à fond. Je veux m'amuser. Tout le monde ne le mérite-t-il pas ?

— Bien sûr que si. Toi la première.

Son visage devint subitement grave et ses yeux fuirent les miens.

Oh, oh...

— Quoi ? m'inquiétai-je.

— Tu te souviens de la fois où ton père t'a emmenée pour un week-end prolongé à Nantucket, au printemps ? Quand tu étais petite...

— Pour se rattraper de ne rien avoir fait pour mes cinq ans, mes quatre ans... probablement mes trois ans, aussi.

— Oui.

— Ce sont mes premiers souvenirs de bonheur parfait, remarquai-je en souriant devant les images qui défilaient dans mon esprit. Nous avons construit des châteaux de sable, toi et moi, avec ma pelle et mon seau Barbie ridicules. Nous étions allés chez un glacier qui mélangeait les pépites de chocolat et les cacahuètes directement à la glace au café. Nous nous baignions tous les jours, même si l'eau était glaciale.

— Ce sont de bons souvenirs, n'est-ce pas?

— Les meilleurs. Tu te souviens du complexe Cliff-side Beach Club? Et de la plage, Jetties Beach?

— Retournons-y, Jane.

Je souris.

— J'adorerais... Quand?

— Aujourd'hui. Tout de suite. Maintenant. Qu'en dis-tu?

Je sondai les yeux verts de Michael avec un mauvais pressentiment, mais je renonçai à lui demander ce que cette décision subite cachait, convaincue qu'il me le dirait bien assez tôt. Jane la dégonflée avait fait son retour et elle trouvait le rêve bien plus agréable que la réalité.

— J'adorerais aller à Nantucket! m'exclamai-je. Mais tu dois me promettre de répondre à quelques questions une fois sur place.

59

— Première question, commença Jane dans le taxi qui les conduisait à l'aéroport. Tu t'en es tiré avec des ambiguïtés quand je t'ai demandé si tu étais déjà sorti avec quelqu'un. Mais es-tu déjà tombé amoureux ?

Michael grimaça en soupirant.

— Ce qui se passe, Jane, c'est que je semble perdre la mémoire du passé au bout d'un certain temps. Je ne le choisis pas, tu sais. Mais, pour répondre à ta question, je ne crois pas.

— Ce serait donc la première fois ?

Michael sourit de l'assurance avec laquelle elle présumait qu'il l'aimait. Il ne lui avait rien dit de tel, mais elle l'avait deviné. Et elle avait vu juste.

— Et les relations sexuelles ? enchaîna-t-elle.

Michael éclata de rire.

— Allons-y doucement. Une question à la fois, d'accord ? Maintenant, parlons d'autre chose Jane.

— D'accord. Je me souviens que, quand j'étais toute petite fille, nous prenions Eastern Airlines pour aller à Cape Cod. Nous y allions environ deux fois par été, raconta-t-elle tandis que le taxi s'arrêtait devant le Marine Terminal de l'aéroport de LaGuardia dans un bruit de ferraille.

Michael l'embrassa, se délectant de la douceur de ses lèvres, admirant le pétillement dans ses yeux. Même adulte, elle conservait l'innocence et les traits de l'enfance qu'il appréciait tant.

— Essaierais-tu de me faire taire par des baisers ?

— Pas du tout. C'est juste que… j'aime t'embrasser, avoua-t-il avant de récidiver.

— Vous allez sortir de mon taxi ou rester là à vous bécoter toute la journée ? finit par aboyer le chauffeur.

— Rester à nous bécoter, répondit Jane en rigolant, tout près de lui arracher un sourire.

Michael paya et sortit du coffre leurs deux petites valises. Une fois dans le vieux terminal, il marqua une pause et fouilla l'aérogare du regard.

— Que cherchons-nous, maintenant ?

— Lui.

Il montra du doigt un vieil homme au visage buriné par le temps et brûlé par le soleil. Il portait un coupe-vent marron trop large, dont la poche de poitrine était brodée des lettres CCPA.

— Compagnie Cape Cod Private Air ? demanda Michael en l'approchant.

— La seule et l'unique, acquiesça le vieillard d'une voix rocailleuse. Suivez-moi. Vous êtes Jane et Michael, c'est ça ?

— C'est bien nous, répondit Jane en lui emboîtant le pas.

Quelques minutes plus tard, ils embarquaient dans un coucou qui, selon Michael, présentait une ressemblance inquiétante avec le *Spirit of Saint Louis* de Charles Lindbergh.

— Vous croyez que cet avion peut aller jusqu'à Nantucket ? demanda Jane, qui ne plaisantait qu'à moitié.

Michael espéra qu'aucun flash d'information récent sur un crash d'avion ne lui était revenu en mémoire.

— Faut avoir un peu de foi, ma petite dame, répondit le pilote.

— Ça, nous en avons à revendre, croyez-moi, remarqua Michael.

Bientôt, les hélices se mirent à tourner et l'avion cahota sur la piste comme un ivrogne titubant sur la Bowery.

— Quand je pensais à ma mort, je n'avais jamais imaginé un accident d'avion, remarqua Jane.

C'était de l'humour, mais sa main vint agripper celle de Michael avec force.

Michael sentit sa gorge se nouer et la douleur dont il avait fait l'expérience dans la cathédrale se tapir dans sa poitrine. Jane rigolait, bien sûr, mais il avait eu un mauvais pressentiment en entendant ses derniers mots. Était-il écrit qu'ils s'écraseraient ? Allait-il mourir lui aussi ? Après tout, il avait connu un certain nombre de nouveautés ces derniers temps. La mort serait-elle sa dernière expérience inédite, comme elle l'était pour tout le monde ?

— Nous n'allons pas nous écraser, Jane, affirma-t-il.

Et il resserra son étreinte autour de sa main.

60

L'avion décolla et trouva son altitude de croisière. Il sembla à Michael qu'ils passaient bien trop de temps à admirer les toits du Queens et, lorsqu'ils touchèrent enfin les nuages, l'appareil se mit à émettre un bruit de train à vapeur qui ne le rassura guère.

Cinquante minutes plus tard, cependant, ils approchaient de Nantucket. En contrebas s'étendaient des kilomètres de littoral sablonneux et d'océan parsemé de quelques îlots. Après un atterrissage sans heurt, Jane consentit à lâcher sa main.

Le printemps était certes bien avancé, mais l'été semblait déjà entamé pour les touristes de l'île, qui formaient, en tenue légère et colorée, une marée de roses, de jaunes et de verts clairs, de jeans vieillis avec soin et de bermudas de surf.

Michael et Jane rejoignirent la file d'attente devant la borne de taxis sous un soleil aveuglant, dans l'air vif et pur de l'océan.

Pendant qu'ils patientaient, Jane tendit les bras vers Michael et encadra son visage avec ses deux mains.

— Michael, où es-tu ?

— Hein ? Je suis là.

Sur le coup, il ne sut que répondre, mais il prit conscience qu'il devait se ressaisir. Il était en train d'imaginer Jane mourante alors qu'elle se trouvait là, juste devant lui. Pourquoi perdre un temps précieux à anticiper sa mort ? Pourquoi gâcher une seule des secondes qui leur restaient ensemble ? La nécessité de vivre le moment présent s'imposa à lui comme une évidence.

— Nous sommes ensemble, lui dit Jane en ancrant ses yeux dans les siens. Alors profitons-en, d'accord ? Mets de côté tout ce que tu as en tête et reviens sur terre avec moi. Prenons les choses au jour le jour, heure par heure, minute par minute. D'accord ?

Michael posa sa main sur la sienne et tourna la tête pour lui en embrasser le creux.

— D'accord. Minute par minute, heure par heure, jour par jour, acquiesça-t-il avec un sourire.

Tandis que taxis et navettes défilaient devant le petit aéroport, où leurs coffres se remplissaient de sacs de pêche en grosse toile L.L. Bean et de sacs gourmets Dean and DeLuca, Michael et Jane s'impatientaient. Enfin, ils arrivèrent au début de la file.

— Mettez vos valises dans la malle, leur dit le chauffeur.

Malle. Michael sourit en entendant ce joli mot tombé en désuétude.

— Super, tu es de retour ! rit Jane.

— Je suis bien là, Jane. C'est bien ma main dans la tienne. Et ce sont bien les battements frénétiques de mon cœur que tu entends.

Jane sourit et promena une dernière fois son regard sur les alentours. Michael devina qu'elle s'imprégnait d'impressions pour sa fabrique à souvenirs. Les herbes hautes se courbaient sous le vent et des goélands planaient au-dessus de leur tête. Près de la file d'attente, une blondinette avait monté un étal de fortune pour vendre des confitures.

Le chauffeur de taxi, d'un âge indéfinissable entre soixante et quatre-vingt-cinq ans, aurait pu être le frère de leur pilote, tant il correspondait lui aussi à l'image du natif pur et dur de Nouvelle-Angleterre, un peu rustre et plein de bon sens.

— Bon, où je peux vous amener, mes braves gens ?

— À l'India Street Inn, indiqua Michael.

— Bon choix. Vous savez que c'était la maison d'un capitaine de baleinier.

Jane sourit et serra la main de Michael un peu plus fort.

— Bon choix, répéta-t-elle. J'adore les capitaines de baleinier.

— Eh oui, lui souffla Michael à l'oreille. Pour répondre à ta question : oui, j'ai déjà fait l'amour.

61

Sur le chemin de l'auberge, Jane et Michael s'enchantèrent de ce qu'ils ne virent pas : des fast-foods, des magasins de souvenirs ou encore des feux de circulation. Au lieu de cela, ils aperçurent une ou deux pancartes fabriquées à la main annonçant le dixième festival viticole de Nantucket et la trente-cinquième régate de Figawi. C'était le paradis. Un prélude parfait à leur séjour.

Bientôt, le taxi s'arrêta devant l'India Street Inn.

— Exactement ce à quoi doit ressembler un *bed and breakfast* à Nantucket, commenta Jane lorsqu'ils passèrent la porte d'entrée.

L'auberge répondait parfaitement aux attentes de Michael : c'était un endroit simple et joli, sans excès, mais coquet et dépaysant. Juste ce qu'il fallait pour une escapade en amoureux.

Michael observa le décor, qui attestait de l'art avec lequel les propriétaires avaient su trouver le ton juste : des géraniums rouges dans des jardinières bleu roi, des édredons géométriques colorés sur les murs, des gravures de traîneau dans les couloirs. Sans oublier l'hôtesse bourrue de Nouvelle-Angleterre.

— Vous avez réservé ? Parce que si ce n'est pas le cas, il n'y a pas de chambre pour vous. Comme dans « India Street In complet », aboya-t-elle.

Michael lui indiqua le nom auquel avait été faite la réservation, « Michaels », et ils furent dirigés, quelques minutes plus tard, vers la suite 21, au deuxième étage. La porte s'ouvrit sur une grande chambre dotée d'un lit à deux places et de nombreux meubles rustiques en pin, avec une fresque au mur et quantité de serviettes blanches pelucheuses. Dans la salle de bains, une porte menait à une autre chambre, plus petite. Des chambres communicantes, comme Michael l'avait demandé.

Jane fit le tour du propriétaire.

— C'est super ! remarqua-t-elle, laconique.

Elle alla à la fenêtre de la chambre la plus spacieuse et l'ouvrit grand, les cheveux balayés par la brise fraîche qui s'engouffra dans la pièce. Michael ne l'avait jamais vue aussi belle. Même en cherchant bien, il ne trouvait rien de plus précieux que le simple fait d'être ici à ses côtés. Personne n'avait jamais fait battre son cœur aussi fort, sinon il s'en souviendrait forcément. Du moins l'imaginait-il…

Jane ramassa une brochure sur le bureau.

— « Café dans le petit salon à partir de 6 heures », lut-elle à voix haute. « Cours de planche à voile au bout de la baie tous les lundis et jeudis. Possibilité de louer des vélos. » Oh, et les visiteurs peuvent accéder à la tour de Old North Church. On le fera ? S'il te plaît, je veux tout faire.

Son bonheur transperçait dans sa voix. Sans toutefois se comporter en petite fille, elle en exhibait les qualités merveilleuses : l'enthousiasme, la curiosité, l'innocence.

Je l'aime, songea Michael.

— Tout ce que tu voudras, répondit-il.

Il décida de s'en tenir à cela pour le moment.

62

La patronne de l'auberge leur sortit deux vieux vélos hollandais qui n'avaient rien de grandiose hormis, peut-être, de gros pneus, de la rouille, des freins rétropédalage et des pièces qui couinaient à chaque tour de roue. Elle pointa son doigt dans la direction de Siasconset.

— La plupart des touristes trouvent Sconset très joli, unique même. Parce que ça l'est.

Jane prit les devants et Michael la suivit sur Milestone Road. Il y avait très peu de circulation : une Jeep occasionnelle, une moto, un camion de livraison de poisson, un énorme et grossier Hummer jaune poussin, puis un groupe d'enfants filant à vélo plus vite que les voitures.

— Bonne lune de miel ! leur cria l'un des gamins.

Michael et Jane échangèrent un regard en souriant. Au bout de sept ou huit kilomètres, ils tombèrent sur une barrière de troncs d'arbres érigée devant une vue digne du Serengeti, en Tanzanie. Un peu plus loin, ils passèrent Tom Nevers Road et le spectacle grandiose de canneberges, puis longèrent le club de golf de Nantucket : des hectares de fairways et de greens vallonnés parfaitement entretenus qui donnaient presque envie de faire un parcours.

Une nouvelle colline se dressa devant, plus haute que les autres, derrière un panneau de bois en forme de flèche indiquant « Siasconset ». Après en avoir franchi le sommet, ils découvrirent une immense plage de sable blanc s'étirant jusqu'à l'océan. Michael se demanda si Jane avait prévu qu'un soleil d'un rouge profond entamerait sa descente au-dessus d'eux, prêt à se coucher et à les caresser de ses magnifiques rayons.

— Je parie que tu n'as jamais rien vu d'aussi joli, lança Jane alors qu'ils s'asseyaient sur le sable.

Il plongea ses yeux dans les siens.

— En fait, si.

— Arrête, rit-elle en rougissant. Tu ne vas pas commencer à perdre toute crédibilité, dès ton premier jour ici.

— D'accord.

— En fait non, n'arrête pas.

Il passa le bras autour d'elle et la contempla du coin de l'œil. Vivant le moment présent.

J'aime Jane, c'est aussi simple que ça.

63

Pour en revenir aux relations sexuelles, rien ne se produisit lors de notre première nuit à Nantucket. Je m'efforçai de ne pas en faire une obsession, sans succès ; de ne pas laisser cette question m'inquiéter outre mesure, et essuyai un deuxième échec lamentable.

Levés tôt le lendemain matin, nous mîmes le cap sur Folger Hill, le point culminant de l'île, après avoir pris soin de nous enduire d'écran total et de passer chacun un T-shirt à manches longues. Je nageais en plein bonheur. Même si je savais ce qui finirait par arriver, même si je me posais encore beaucoup de questions, j'écoutai mon propre conseil et savourai tout au jour le jour, heure après heure, minute après minute.

La promenade à vélo sur Polpis Road me parut interminable, mais peut-être étais-je simplement fatiguée. Pour ne rien arranger, le ciel était couvert et l'île enveloppée d'un brouillard assez épais pour coincer les bacs et les bateaux d'approvisionnement sur le continent.

Nous finîmes par atteindre Madaket, un petit port abritant, en tout et pour tout, un magasin de pêche, une quincaillerie et un point de rassemblement, Smith's Point. Aux environs de 11 h 30, nous échouâmes devant une petite baraque de *fish and chips* délabrée qui paraissait abandonnée.

— Comment connais-tu cet endroit ? demandai-je à Michael.

— Je ne sais pas trop. Je le connais, c'est tout ce que je peux dire.

Peut-être pour me faire taire, il m'embrassa, ce dont je ne semblais pas me lasser. Puis nous dégustâmes de savoureux filets de morue frits bien croustillants, enveloppés dans des pages de la gazette locale, l'*Inquirer and Mirror*, en les inondant de vinaigre de malt. Comme Michael estimait qu'un repas n'offrait jamais sa dose de friture, il commanda des frites, elles aussi arrosées de vinaigre, dans un cône de papier journal. Des chansons de Bob Dylan nous parvenaient de la cuisine en plein air. Tout me semblait tellement parfait et magique que mes yeux s'embuèrent de larmes.

De temps à autre, le regard perdu sur les remous de l'océan, Michael semblait partir à la dérive. J'aurais voulu savoir où il allait, ce qu'il pensait, s'il savait déjà quand il devrait me quitter, mais je chassai ces idées en fermant les paupières. Je ne voulais pas y penser tant que le pire n'arrivait pas.

Je savais toutefois que nous n'y échapperions pas. Notre histoire était vouée à se terminer lorsque Michael partirait prendre soin d'un enfant quelque part, peut-être loin de New York.

Puisque c'était inéluctable, je me sortis ces tristes pensées de la tête et restai en mode vacances. En mode amoureux.

— Quelles images gardes-tu de moi petite fille ? lui demandai-je.

Bien enfoncée dans ma chaise, j'écoutai les souvenirs de Michael pendant une heure entière. Curieusement, il semblait tout se rappeler, y compris la glace au café noyée dans le caramel fondant.

64

— Je n'aurais jamais cru prononcer un jour ces mots.

— Lesquels ? demanda Michael.

— Je n'ai plus de place pour le dîner.

— Jane, nous n'avons rien avalé depuis le déjeuner.

— Tu n'auras qu'à manger, toi, je te regarderai, dis-je sans m'attarder sur son regard inquiet.

De retour à l'India Street Inn, nous prîmes une douche puis, après avoir passé un jean et un coupe-vent, nous partîmes marcher. Marcher et parler, notre lot quotidien. Nous laissâmes derrière nous le centre-ville, les magasins, les soucis, les responsabilités et tout ce qui était lié de près ou de loin au prétendu monde réel. Mon travail, Vivienne...

Nous longeâmes des maisons qui, bâties trois siècles plus tôt, avaient abrité des marins, des chasseurs de baleine et de patientes épouses guettant le retour de leur mari parti en mer. Des maisons qui se dressaient bien avant que les célébrités des médias, les stars de la chanson, les acteurs et les auteurs débarquent sur l'île.

Nous longeâmes un moulin à vent, des petits étangs, des sentiers de randonnée et bien trop d'immenses villas modernes et tape-à-l'œil.

— Tu es sûre que tu n'as pas faim ? me demanda Michael lorsque nous reprîmes le chemin de l'auberge.

— S'il y a bien deux choses dont je suis sûre, c'est : un, que je n'ai pas faim, et deux...

Je marquai une pause, pas pour ménager le suspense, mais pour m'assurer que je ne parlais pas à la légère.

— Continue, m'encouragea Michael. Tu es sûre de deux choses, dont la seconde est... ?

— Que je t'aime, Michael. Je crois que je t'aime depuis toujours. Il fallait que je le dise tout haut, pas seulement dans ma tête.

Michael s'immobilisa et m'attira à lui en me prenant les hanches. Il remonta ensuite les mains dans mon dos, produisant en moi un effet tel que je me sentis... prête à tout. Nous nous embrassâmes et il me serra dans ses bras en me soulevant comme j'aimais tant. Nous n'étions plus très loin de l'auberge et, lorsqu'elle apparut devant nos yeux, j'eus l'impression qu'une enseigne lumineuse clignotait devant la fenêtre. « ET MAINTENANT ? »

65

— Je ne vous avais presque pas reconnus sans un vélo entre les jambes ! s'exclama l'aubergiste lorsque nous poussâmes la porte d'entrée.

Je la fixai, étonnée. Lorsqu'elle réalisa la tournure douteuse de sa phrase, elle se tut, confuse.

Michael et moi nous engageâmes dans l'escalier main dans la main en riant. Sans un mot, pour changer. À cet instant précis, je n'aurais pas trouvé une seule question à lui formuler.

Dans la chambre, nous reprîmes nos baisers, alternant ardeur et douceur, puis douceur et ardeur, puis douceur... Nos lèvres se frôlaient au rythme du souffle de l'autre. Jusqu'où irions-nous ? Jusqu'où pouvions-nous aller ?

— Chez toi ou chez moi ? réussis-je à articuler au bout d'un moment.

— Mais... mais..., balbutia-t-il avec une expression anxieuse.

— Je prends ça pour un « moui », dis-je avec un large sourire.

Je le regardai droit dans les yeux avec le plus grand sérieux, puis lui caressai la nuque en me serrant contre lui.

— Michael, nous sommes bien ensemble. Ce sera bien. Je te le jure. Je te le promets. Enfin, je crois...

Alors il sourit et me prit par la main pour me conduire dans la petite chambre.

— Ce sera bien, murmura-t-il d'une voix douce. Ce n'est pas possible autrement. Tout nous conduisait vers cet instant et nous y sommes à présent. Tout va bien ?

— Moui, souris-je.

66

J'avais à la fois hâte et le trac. Surtout hâte, mais…
— Le moment fatidique…, remarquai-je en m'asseyant sur le bord du lit.
— Quoi ?
— Celui où je dois me déshabiller.
— Peut-être pour toi, me taquina Michael. Mais pour moi, te voir te déshabiller sera incontestablement le temps fort de ces dernières années.

Je trifouillais les boutons de mon chemisier lorsque je fus soudain saisie par l'une de ces préoccupations étranges et inconséquentes qui semblent toujours s'emparer de moi lorsque je dois me concentrer sur quelque chose. Voilà une colle que j'aurais pu poser à tous les pasteurs, prêtres et rabbins de la planète : était-ce admis de coucher avec un ami imaginaire ? Un acte empreint de tant d'amour n'était certainement pas un péché mais si, de manière inexplicable, ce devait en être un, où se classait-il dans l'échelle des offenses ? Parmi les peccadilles ou les péchés capitaux ? Péché mortel ou véniel ? Et si cet ami était un ange mais n'en savait rien lui-même ?

Quelle que soit la réponse, Michael perçut mon hésitation et prit les commandes. Il se montra d'une grande habileté pour dégrafer mon soutien-gorge, d'une seule main et en cinq secondes chrono.
— Tu es bon, remarquai-je, des papillons dans le ventre, sentant le rouge me monter au cou et aux joues.

— Et tu n'as encore rien vu, répondit-il avec un regard brûlant.

— J'espère bien.

— Moi aussi.

Nous nous embrassâmes. Michael posa ses mains sur mes seins, m'arrachant un gémissement terriblement embarrassant en toute autre circonstance, mais qui produisit sur le moment un effet plutôt sensuel, je dois dire. Il tint mes seins d'une main légère, comme s'il craignait de me blesser, et frotta doucement ses pouces contre mes mamelons. Je frissonnai sous ce contact doux et velouté. Le bout de ses doigts glissa sur mon ventre et, comblée de plaisir, je me sentis fondre sous ses caresses.

Elles se révélèrent si sublimes et magiques que je n'aurais pas été étonnée d'apprendre qu'il était vraiment un ange. Mais, à ce stade, cela m'importait peu de le savoir. Le fin duvet sur mon corps se hérissait, au garde-à-vous, prêt à tout affronter en un moment aussi exquis.

— J'aime la façon dont tu me caresses, lui murmurai-je à l'oreille. Personne ne m'a jamais touchée comme ça.

— Moi non plus, dit-il en cessant un instant ses baisers, le souffle rauque.

Alors il me hissa sur lui et me lécha les seins avec une suavité qui me coupa le souffle. Je cessai une bonne fois pour toutes de me demander si oui ou non Michael était expérimenté. Rien d'autre n'importait que de savoir que nous étions ensemble et que j'aimais être avec lui, peut-être parce que je devinais qu'il était lui aussi heureux avec moi. Je le sentais à ses caresses, je le voyais dans ses yeux verts. Il savourait cet instant autant que moi.

Je l'embrassai, goûtai à la douceur de sa bouche, puis m'écartai pour le regarder dans les yeux.

— Oui, je t'en prie, susurrai-je.

— D'accord, Jane. Merci, répondit-il avec un sourire qui évoquait le soleil levant.

Il me fit rouler sur le dos et je m'ouvris à lui, sentant sur moi son poids délicieux, la chaleur de sa peau. L'instant d'après, il était en moi.

— Je t'aime tellement, Jane, me murmura-t-il. Je t'ai toujours aimée et je t'aimerai toujours.

Ce devait être écrit, forcément, car c'était exactement ce que je pensais à cet instant. Presque mot pour mot.

67

Ils restèrent ensemble un long moment cette nuit-là. Jane sombra dans un profond sommeil, mais Michael, lui, ne put fermer l'œil. Étendu dans le lit, son visage à quelques centimètres du sien, il lui caressa les cheveux pendant plus d'une heure.

La regarder dormir si paisiblement lui donnait envie de tout casser autour de lui. Pour la première fois de son existence, il mesura combien la vie était injuste. Était-ce la raison pour laquelle il était ici ? Pour une leçon de compassion ? Si c'était le cas, c'était du beau foutage de gueule : il n'avait pas besoin d'être davantage sensibilisé à la souffrance, il y était déjà très sensible, comme tout ami imaginaire qui se respecte. Qu'était-il censé être dans ce petit mélo-drame ? Un ange ? Un homme ordinaire ? Un ami ima-ginaire ? Il se posait autant de questions que Jane et personne ne leur apportait de réponses, ni à l'un ni à l'autre.

Il bascula discrètement pour s'asseoir sur le bord du lit, puis se rendit dans la salle de bains, où il se plaça face au miroir.

Tu dois dire à Jane ce qu'il se passe, ce qu'il va lui arriver.

Mais rien ne lui garantissait que c'était la meilleure solution. Il entra dans la douche et tourna le robinet, le réglant sur la température la plus élevée que sa peau puisse supporter. La tablette de douche était couverte des affaires de Jane : un savon à l'amande, un shampoing et un après-shampoing Kiehl.

Était-elle malade ? Très malade ? Souffrait-elle d'un cancer ? D'une maladie du cœur ? La veille, après le *fish and chips*, elle s'était sentie lourde au point de rêver d'appeler un taxi plutôt que de pédaler jusqu'au *bed and breakfast*. Ensuite, pendant leur marche dans le village, elle lui avait paru fatiguée. Sans compter qu'elle mangeait peu, du moins pas les quantités de la Jane habituelle.

— Hé, il y a tellement de vapeur là-dedans que j'ai cru que la salle de bains prenait feu, cria-t-elle de la chambre.

Il sourit.

— Michael ? Tu es là ?

— Non il n'est pas là. C'est juste un péquin avec sa voix.

Elle rit en tirant le rideau de douche.

— Oh ! Vous n'avez pas que sa voix. Mon Dieu, quelle bête ! Mais elle gonfle… Quelqu'un aura marché dessus ? Lui aura donné un coup de trique ? D'accord… très bien… ce pourrait être l'inverse.

68

Les minutes, les heures et les jours filèrent.

Ils refirent l'amour, puis dormirent. Le lendemain matin, ils se réveillèrent le sourire aux lèvres, avec un nouveau regard émerveillé sur le monde et un contentement béat. Après le petit déjeuner, ils partirent en excursion pour observer les cétacés. Michael ne risquait pas d'oublier la stupéfaction enthousiaste de Jane lorsqu'une baleine à bosse fendit la surface de l'eau juste à côté du bateau. Après le déjeuner, ils allèrent au phare de Brant Point puis, main dans la main, firent une longue promenade sur la plage, émaillée de discussions et de silences.

Michael raconta à Jane sa vie d'« ami » autant que le lui permettait sa mémoire. Même s'il ne se rappelait que ses dernières missions, il avait le vague sentiment que d'autres les avaient précédées. Et, bien que ses souvenirs s'effacent comme des rêves, voir Jane adulte avait éveillé des réminiscences de leurs années ensemble. Il ignorait si tous les enfants avaient un ami imaginaire, mais il l'espérait.

Le soir, Michael téléphona à un restaurant local pour faire livrer un homard, des palourdes et des épis de maïs grillés directement sur la plage, par taxi express. De retour à l'auberge, ils refirent l'amour, se sentant à chaque instant plus à l'aise avec l'autre. Leurs relations sexuelles dépassaient les espérances de Michael, probablement parce qu'ils s'aimaient et se connaissaient si bien. Pendant la nuit, Jane se sentit un peu barbouillée, mais elle lui assura qu'elle avait juste du mal à digérer le dîner, les palourdes probablement.

Le lendemain matin, ils louèrent un bateau à moteur. Jane pêcha une douzaine de tassergals, mais Michael, lui, resta bredouille. Pas tout à fait cependant, car il ramena de la mer la mine réjouie et triomphante de Jane sortant les poissons brillants et frétillants de l'eau l'un après l'autre. Devant le spectacle de ses cheveux chatoyant au soleil et de son sourire éclairant le ciel, il lui tardait de regagner l'hôtel.

Dans l'après-midi, ils s'aimèrent à nouveau, avec une ardeur qui les déconcerta tous les deux. Sans échanger un mot à ce sujet, ils enfourchèrent ensuite leur vélo pour rejoindre le pittoresque village de Siasconset. Sur le chemin du retour, ils s'arrêtèrent pour remplir les paniers en osier des vélos de brassées d'églantines au parfum épicé. Ils dînèrent en ville, chez Ozzie et Ed. Quand ils ressortirent du restaurant, les propriétaires avaient quasiment adopté ce petit couple « adorable ».

— Je t'ai déjà parlé de Kevin Uxbridge ? demanda Michael, tandis qu'ils rentraient à l'auberge.

— Non. C'est l'un de tes enfants ? De tes amis ?

— Non. Kevin Uxbridge est un Douwd dans *Star Trek.*

— L'original ou *La Nouvelle Génération* ?

— *La Nouvelle Génération.* Il rencontre une femme, Rishon, dont il tombe si éperdument amoureux qu'il décide de renoncer à ses pouvoirs extraordinaires et de vivre une « vie de mortel ».

— Cette situation me rappelle vaguement quelque chose, remarqua Jane. J'espère que leur histoire se termine bien.

— Bah, en fait, pas trop, dut reconnaître Michael. Des Husnocks attaquent la colonie et Rishon est tuée. Kevin Uxbridge est alors si furieux qu'il extermine toute l'espèce husnock, soit cinquante milliards d'êtres.

— Ouah, un peu excessif comme réaction ! Mais attends, tu es Kevin ou je suis Kevin ?

— Aucun de nous n'est Kevin, repartit-il sur un ton agacé.

— D'accord, dit Jane en reprenant sa main. Personnellement, j'ai toujours eu un faible pour les Tribbles.

Michael décida qu'il valait mieux clore le sujet.

En attendant, chaque fois que Jane toussait ou fatiguait, il redescendait douloureusement sur terre. Chaque fois qu'elle se plaignait d'une crampe ou évoquait son manque d'appétit, il frissonnait. Mais il ne pouvait pas le lui dire. À quoi cela servirait-il, sauf de faire de ces derniers moments exceptionnels un compte à rebours terrifiant, trop funeste pour s'exprimer en mots ?

69

Lorsque la nuit tombe sur Nantucket, le ciel devient parfois plus noir qu'il ne pourra jamais l'être à New York, en particulier si une couche de nuages recouvre l'île. Ni lune, ni lampadaire, ni touristes bruyants naviguant sur les chaussées de brique. Jane dormait et Michael, lui, scrutait l'obscurité depuis la fenêtre de la chambre, d'où il distinguait à peine les bâtiments voisins.

Toute cette histoire était tellement fabuleuse, depuis le moment où il avait revu Jane, où il avait découvert la femme qu'elle était devenue : l'épanouissement des sentiments entre eux, les dîners et les discussions, les fous rires, parfois convulsifs ; puis les baisers timides et nerveux, presque aguichants, suivis des échanges passionnés qui les unissaient corps et âme ; enfin, l'amour charnel, les heures passées à la tenir dans ses bras en essayant d'imaginer un avenir à deux après Nantucket.

Aux environs de 4 heures du matin, Michael s'assit sur le bord du lit pour regarder Jane dormir. Il devait trouver un plan, n'importe quoi. Elle dut sentir sa présence éveillée car elle remua.

— Que se passe-t-il, Michael ? demanda-t-elle d'une petite voix endormie. Il y a un problème ? Tu es malade ?

— Tout va bien, Jane. Tu sais que je ne tombe jamais malade. Allez, rendors-toi. Il est 4 heures.

— Viens te coucher avec moi alors.

Michael alla donc se blottir contre Jane jusqu'à ce qu'elle retrouve le sommeil, puis la contempla jusqu'à ce que les yeux lui piquent. Il ferait tout ce qui était en son pouvoir pour la sauver. Même si cela impliquait l'inconcevable…

L'inconcevable, voilà la solution ! Il eut une idée, dont il trouvait la logique prometteuse. Il était là pour accompagner Jane jusqu'à sa mort, c'était sa mission. Mais s'il n'était plus là ?

Une terrible douleur lui transperça le cœur lorsqu'il imagina sa sinistre petite existence en noir et blanc sans Jane. Mais le sacrifice valait la peine si elle survivait. Car, sans lui pour l'aider à quitter ce monde, ne serait-elle pas contrainte d'y rester ?

En fait, il ignorait les chances de réussite de ce plan, mais c'était pour le moment tout ce qu'il avait.

Peut-être ne faisait-il que se raccrocher à un mince espoir mais, tout en tournant et retournant cette idée dans son esprit, il se mit à jeter ses affaires dans son sac en grosse toile. Il ferma ensuite la fenêtre, pour que Jane n'attrape pas froid, et l'observa dans son sommeil. Faisait-il bien de la quitter maintenant ? Son plan fonctionnerait-il ? Il le fallait. Jane ne devait pas mourir.

Il aurait voulu l'embrasser, l'enlacer une dernière fois, lui parler, entendre sa voix, mais il ne voulait pas la réveiller. Comment pouvait-il lui faire cela ? Comment pouvait-il la quitter à nouveau ? Peut-être tout simplement parce qu'il n'avait pas d'autre solution. Qu'il n'avait pas le choix.

— Je t'aime Jane, murmura-t-il. Je t'aimerai toujours.

Il referma sans bruit la porte derrière lui et se pressa dans le couloir et dans l'escalier pour attraper le bac de 5 h 30 pour Boston. À la réception, il s'arrêta devant l'employé de nuit.

— Mon amie est dans la suite 21. Quelqu'un peut-il passer la voir un peu plus tard ? Dites-lui que j'ai dû partir en urgence. Un... ami est malade. Dites-lui bien que c'est un ami. Un enfant.

Puis il s'enfonça dans les rues sombres et désertes de Nantucket. Seul, isolé, abandonné. Jamais il n'avait tant peiné pour reprendre son souffle, et ses jambes lui semblaient lourdes comme du plomb. Des larmes se mirent à couler sur ses joues.

Sur le quai, il serra son coupe-vent contre lui et guetta l'arrivée du bateau, prévue une demi-heure plus tard. Le soleil levant soulignait d'un rai discret l'horizon. Une lueur d'espoir ?

Oui, ce devait être une lueur d'espoir. Sa Jane ne pouvait pas quitter ce monde. Rien que d'imaginer cette perspective lui fendait le cœur.

Jane ne pouvait pas mourir. Pas maintenant.

70

Le lendemain matin, je me réveillai avec le sourire et m'étirai voluptueusement avec la sensation de satiété qui accompagne cet état de joie, de sécurité et de léger dépenaillement provoqué par une pratique assidue de l'amour physique – le vrai, par opposition à une simple partie de jambes en l'air.

Le monde me souriait. Le soleil inondait la chambre, comme s'il s'efforçait de briller davantage rien que pour nous. Je me retournai vers Michael et constatai, déçue, qu'il ne se trouvait pas dans le lit. Le ridicule petit réveil de voyage sur la table de chevet bancale indiquait 8 h 55. Non, il ne pouvait pas être si tard.

Quel programme Michael avait-il prévu pour ce matin ? Voyons... Nous avions parlé de retourner dans un magasin d'antiquités où il avait repéré une sculpture en dents de baleine, mais nous devions, avant, commencer la journée par un petit déjeuner dans un café de la ville spécialisé dans les pancakes aux myrtilles. Je n'avais toujours pas faim, toutefois. Peut-être parce que je perdais du poids et appréciais la sensation de bien-être qui accompagnait ce changement. Ou, plus probablement, parce que j'étais amoureuse.

Peu importait, nous allions être en retard. Chaque jour que nous passions ensemble était trop court, nous devions donc profiter de chaque minute. Et puis Michael devait avoir hâte de goûter ces pancakes, lui qui adorait manger. Sans doute parce qu'il ne prenait jamais un gramme, le veinard !

J'allais sauter du lit quand un souvenir de la nuit me revint. Une conversation que Michael voulait avoir, quelque chose qu'il devait me dire... Je m'étais réveillée, puis il s'était recouché avec moi...

Où était-il ?

— Michael ? appelai-je sans recevoir de réponse. Michael, tu es là ? Michael ? Mikey ? Mike ? Oh ! Toi !

Je sortis du lit et, dégageant les cheveux de mes yeux, parcourus les chambres communicantes. Pas de Michael. Nulle part.

J'étais abasourdie, incapable de croire ce qu'il se passait. Il n'avait même pas laissé de message.

Je portai la main à ma bouche dans un geste de stupeur. Il n'avait tout de même pas...

Trébuchante, je me traînai tant bien que mal jusqu'à ma chambre, où les draps défaits me narguaient. L'idée que Michael puisse m'aimer *et* me quitter ne m'avait jamais traversé l'esprit. Je ne savais pas si je devais ressentir de l'inquiétude, de la rage ou juste un déchirement proche du supplice.

— Michael, murmurai-je dans la chambre vide. Michael, comment as-tu pu ? Je croyais que tu m'aimais. Tu étais la seule personne qui...

Oh, mon Dieu, c'était donc cela ! Ce qu'il voulait me dire. Ce qui l'avait empêché de trouver le sommeil.

Il m'avait encore quittée pour un autre enfant. Il avait repris du service, était devenu l'ami imaginaire d'un autre.

Je cavalai entre les deux chambres comme une démente. Toutes ses affaires avaient disparu. Son sac marin, envolé. Je tirai tous les tiroirs de la commode, ouvris brutalement les portes du placard sans rien trouver qui lui appartienne. Rien qui prouve sa présence dans cette chambre à un moment donné.

À travers la fenêtre, la journée s'annonçait aussi belle et claire que celles que nous avions eues jusque-là. Un temps parfait pour faire du vélo, courir les antiquaires et dîner chez Ozzie et Ed avec celui pour qui j'aurais pu offrir ma vie en sacrifice.

— Oh, Michael... Comment as-tu pu me laisser seule au monde encore une fois ?

Ce coup-ci, je ne risquais pas de l'oublier : je ne pourrais jamais lui pardonner de m'avoir brisé deux fois le cœur.

71

Les hommes, il n'y en a pas un pour rattraper l'autre ! Même imaginaire !

En arrivant à New York ce jour-là, je me sentais comme une étrangère dans mon propre appartement. Les objets de chaque pièce semblaient appartenir à quelqu'un d'autre, n'importe qui sauf moi. Je ne reconnaissais pas mes meubles, n'avais pas l'impression d'avoir choisi les peintures accrochées au mur, ni même la couleur des rideaux... Oh, mais bien sûr ! Je comprenais à présent pourquoi je me sentais dans l'appartement d'une autre. De Vivienne, par exemple.

Je ne reconnus pas non plus la personne que je vis dans le miroir de l'entrée. Ce n'étaient pas tant les marques noires sous mes yeux que ma minceur qui me stupéfièrent. Où était passée Jane ?

Je trimballai ma valise dans la chambre et m'assis sur le lit. Mes yeux larmoyants se posèrent sur la table de chevet, où le gardénia de Michael avait disparu, probablement jeté par ma femme de ménage. De toute façon, il devait être tout fané. Des gouttes salées enflèrent dans mes yeux. Et moi qui croyais avoir déjà pleuré toutes les larmes de mon corps.

Tu en es loin, Jane-Chérie.

Soudain, je fus prise d'un terrible haut-le-cœur, une brûlure atroce qui m'envahit l'estomac et la cage thoracique. J'eus tout juste le temps d'atteindre la salle de bains et de m'agenouiller devant la cuvette des toilettes avant de rendre les meilleurs fruits de mer de Nantucket, les poings serrés contre mon ventre. Lorsque la nausée passa, je me lavai la figure au-dessus du lavabo, les mains tremblantes. Le miroir me renvoyait un visage d'une pâleur maladive, légèrement vert. Une intoxication alimentaire, il ne manquait plus que cela !

Quand je m'en sentis capable, j'écoutai mes messages, espérant en dépit de tout que Michael m'aurait laissé un mot, une vague explication. Mais il fallait s'y attendre, le premier appel était de ma mère.

« Jane-Chérie, je me fais du souci pour toi. Vraiment. S'il te plaît, appelle-moi. Appelle ta mère. »

Curieusement, je ressentis le besoin subit de téléphoner à Vivienne, même si je ne doutais pas que mon absence lui avait donné une véritable attaque d'apoplexie. Sans exagérer, j'étais étonnée qu'elle n'eût pas envoyé des détectives à ma recherche.

J'appuyai sur la touche de numérotation rapide. Ni son intendant ni sa domestique ne décrochèrent et je tombai sur le répondeur.

« Vous êtes bien sur la messagerie de Vivienne Margaux... »

Je profitai du message d'accueil pour préparer ma phrase. Mais, au bip sonore, je perdis tous mes moyens et oubliai mon texte soigneusement appris.

— Maman, c'est moi, Jane. Michael m'a quittée. Appelle-moi, s'il te plaît. Je t'aime.

À cet instant précis, j'avais terriblement besoin d'un baiser de ma mère. Plus que jamais.

Incapable de parler davantage, je raccrochai et m'écroulai à plat ventre sur mon lit, secouée de sanglots entrecoupés de terribles quintes de toux. Ma gorge me faisait atrocement souffrir.

Je ne pus rien faire pour réprimer le nouvel accès de nausée. Je trébuchai jusqu'à la salle de bains et vomis tout le contenu de mon estomac. Le malaise finit par disparaître mais la toux persista, mes tentatives pour déglutir ne contribuant qu'à l'intensifier.

Un nouveau haut-le-cœur me saisit avec une violence terrifiante. La douleur me brûlait et me tordait l'estomac, qui continuait à se soulever bien que je n'aie plus rien à rendre. Une sueur froide perla sur ma peau et je m'effondrai sur le carrelage, la tête sur le tapis de bain. Je brûlais et frissonnais de froid en même temps, au bord de l'agonie, seulement capable de cligner des yeux.

J'entendis la sonnerie du téléphone dans ma chambre, mais je me sentais incapable de me lever ou de ramper jusque-là. Pourtant, je devais décrocher, je voulais parler à Vivienne.

Et si c'était Michael ?

Rassemblant toutes mes forces, je me décollai du sol et me traînai vers la chambre, flageolante.

72

L'inquiétude, l'angoisse, la culpabilité et le manque de sommeil finirent par rattraper Michael sur le bac de 5 h 30 entre Nantucket et le continent. Il sentait à nouveau un picotement dans ses yeux et son pull-over à torsades faisait une piètre protection contre la fraîcheur matinale humide qui soufflait de l'Atlantique.

Ce terrible état d'anxiété et de confusion se prolongea pendant le trajet en car jusqu'à l'aéroport de Boston, puis le vol de Logan à LaGuardia, produisant de drôles d'effets sur sa vision. La couleur semblait avoir déserté le monde : presque tout autour de lui apparaissait dans des tons gris sinistres, le reste lui semblait délavé et passé.

Quelques heures plus tôt seulement, il était à Nantucket, à partager avec Jane un bonheur parfait. Un bonheur absolu, comme il n'en avait jamais connu. Désormais, tout avait changé.

Arrivé à son immeuble, il grimpa d'un pas pénible les quatre étages jusque chez lui. Sur le palier, un rire lui parvint de chez Owen. Un rire de femme. Une nouvelle conquête ? Seigneur, Jane penserait-elle avoir seulement été une de plus sur son tableau de chasse ? Était-ce l'impression qu'il lui avait laissée ? Bien sûr que oui.

Il déposa son sac dans son appartement, mais se sentit incapable d'y rester une seconde de plus. Pas maintenant, pas dans cet état.

Quelques minutes plus tard, il remontait Broadway d'une démarche pressée, regardant les passants gris, les taxis gris et les bâtiments plus gris que gris de New York. Jane lui manquait tant qu'il ressentait une atroce douleur au plus profond de la poitrine, un mal qui lui semblait proche de l'agonie. Il se demanda ce qu'elle faisait, si elle allait bien. Si son plan avait marché.

N'y tenant plus, il téléphona chez elle. Après avoir écouté la sonnerie retentir plusieurs fois, il l'entendit.

« Bonjour, c'est Jane. Surtout, laissez un message s'il vous plaît. Merci. »

Comme il aimait sa voix...

Près du Lincoln Center, il évita de justesse une moto qui tournait à droite dans le plus grand respect du code de la route.

— Bordel, réveille-toi, du con ! hurla le motard.

Sage conseil. Il ne demandait d'ailleurs qu'à sortir de cet horrible cauchemar.

Il longea un autre bloc d'immeubles, déterminé à avancer. Soudain, il comprit. Il se dirigeait quelque part, vers un endroit bien précis. Mais où ?

Vers le nord-est de Manhattan, apparemment.

Il réalisa enfin qu'une force extérieure le guidait et, tout à coup, il sut. Ou crut savoir.

Il courait à présent.

Ses yeux s'emplirent de larmes, qui ruisselèrent sur ses joues en un flot intarissable. Dans la rue, les passants le fixaient, parfois pour lui proposer de l'aide, mais Michael ne ralentit pas sa foulée.

Il n'avait plus aucun doute sur sa destination, tout comme il n'avait plus aucun doute sur ce qui l'y attendait.

Le New York Hospital.

— Oh, mon Dieu, Jane ! Pitié, non !

Si seulement il l'avait plus embrassée et serrée contre son cœur.

Si seulement il était resté à Nantucket.

Si seulement...

73

York Avenue puis la 68ᵉ Rue. Michael y était presque.

Enfin, il s'engouffra dans le hall d'entrée de l'hôpital. L'ironie voulait qu'il soit déjà venu dans ce triste endroit lorsque la petite Jane s'était fait opérer des amygdales. Il se souvenait de l'emplacement des ascenseurs et passa donc la réception sans s'arrêter, empruntant un long couloir avant de tourner à droite.

Il devait se rendre au septième étage.

Chambre 703.

Devant lui, un flot de personnes emplit la cabine : deux infirmières main dans la main, un médecin, plusieurs visiteurs et une petite fille qui pleurait pour son grand-père. Comment expliquer que tant de souffrances soient permises ? Subitement, d'innombrables questions tourbillonnèrent dans son esprit.

— Je ne pense pas que nous puissions caser quelqu'un d'autre, remarqua le médecin.

— Désolé, mais nous pouvons nous caser, nous serrer. Vous serez surpris de ce dont nous sommes capables.

Nous. Il l'avait pensé et il l'avait dit. *Nous.*

Les gens dans l'ascenseur échangèrent des coups d'œil nerveux qui semblaient signifier : « Attention, taré à bord. »

Les portes se refermèrent enfin et la cabine commença son ascension.

— Je n'aurais pas dû la laisser, murmura Michael. Il aurait dû rester avec Jane, coûte que coûte. Voilà où elle était rendue, maintenant. Non seulement son plan stupide n'avait pas fonctionné, mais il l'avait fait souffrir pour rien. Il s'était comporté si bêtement !

Au bout d'une attente interminable, l'ascenseur s'arrêta au septième étage. Michael se fraya un chemin pour sortir le premier et dépassa le bureau des infirmières à toute allure, ne ralentissant qu'aux abords de la porte entrebâillée de la chambre 703.

Il repoussa ses cheveux humides de transpiration et s'essuya le visage sur sa manche. Surtout paraître calme et en pleine possession de ses moyens. Même si ce n'était pas le cas. Même s'il avait l'impression que son cœur allait lâcher. Même s'il n'avait jamais ressenti une oppression aussi forte dans la cage thoracique.

Il poussa la porte. Une infirmière était assise au chevet d'un lit, les yeux rivés sur un moniteur cardiaque.

Ce qu'il vit ensuite lui coupa le souffle. Sa main se plaqua sur sa bouche, mais il ne put retenir une inspiration haletante.

Il ne s'attendait pas à cela, pas le moins du monde. Cependant, ce qu'il voyait lui semblait logique et expliquait tout ce qui s'était passé. Finalement, il y avait bien une cohérence derrière les derniers événements.

74

Une autre reposait dans le lit d'hôpital.

Ce n'était pas Jane. Pas ce qu'il avait imaginé. Pas ce qu'il avait redouté.

Vivienne gisait devant ses yeux.

Michael ne comprit pas sur le coup, mais les pièces du puzzle se mirent en place petit à petit. Vivienne allait mourir, c'était elle qu'il avait pour mission d'aider dans cette épreuve.

Elle était étendue devant lui, immobile. Jamais il ne l'avait vue dans un tel état : le visage anormalement blême sous son hâle, sans maquillage et les cheveux détachés, avec leurs racines blanches visibles. Par certains côtés, elle dégageait une beauté sereine. Elle ressemblait beaucoup à Jane ainsi et il ressentit une profonde compassion pour elle. Il désirait l'aider, dans la mesure du possible. Il désirait les aider toutes les deux.

— Vivienne, commença-t-il, avant de se tourner vers l'infirmière. Je suis de la famille, puis-je avoir une minute avec elle ?

L'infirmière se leva en souriant.

— Je serai dans le couloir. Vous savez qu'elle a eu une attaque.

Vivienne ouvrit les yeux, le considéra un instant, puis les referma une seconde ou deux, comme si elle cherchait à comprendre.

— Vivienne, je suis ici pour vous aider, dit-il gentiment. C'est moi, Michael.

Ses paupières se décollèrent, révélant un iris d'un bleu profond inaltéré.

— Michael? demanda-t-elle de la voix la plus douce qu'il lui ait connue. Le Michael de Jane?

— Oui, le Michael de Jane, confirma-t-il en lui prenant la main. Si seulement vous pouviez vous voir. Vous êtes comme vous l'avez toujours souhaité. Belle.

— J'ai une glace dans mon sac.

Michael alla chercher le petit miroir de poche et le tint face à elle. Il ne l'avait jamais vue ainsi, si vulnérable, comme si elle laissait se manifester l'enfant en elle.

— J'ai été mieux, et certainement pire. Je crois que cela n'a plus vraiment d'importance.

— Bien sûr que si. Avoir bonne mine est la plus belle des revanches.

Elle sourit, posa son autre main par-dessus celle de Michael.

— Où est ma fille? Jane est-elle ici? Je ne peux pas partir sans avoir vu une dernière fois ma Jane-Chérie.

75

Et si je n'avais pas réussi à décrocher le téléphone et entendu une MaryLouise en sanglots me prier, avec des balbutiements à peine cohérents, de la retrouver au plus vite au New York Hospital ? Lorsque je reposai le combiné, il me sembla quitter mon corps. Je me sentais toujours affreusement mal, mais moins nauséeuse. Juste un peu chancelante et faible. Après avoir enfilé des habits propres, j'eus l'impression de regarder mon sosie se précipiter dans le hall de l'immeuble en criant à Martin le portier d'appeler un taxi.

Mais ce fut bien moi qui jaillis du véhicule devant l'hôpital et courus jusqu'au bureau d'accueil pour apprendre que Vivienne Margaux occupait la chambre 703.

Devant la porte fermée, MaryLouise m'embrassa sur la joue puis dodelina de la tête vers le bout du couloir, où Karl Friedkin patientait, tête basse, les yeux remplis de douleur.

— M. Friedkin était avec elle lorsque c'est arrivé, m'apprit-elle.

La porte de la chambre s'ouvrit alors sur une femme en blouse blanche. Après m'avoir demandé si j'étais Jane, elle se présenta comme la neurologue de Vivienne.

— Votre mère a eu une attaque, m'expliqua-t-elle d'une voix douce. C'est arrivé hier soir au théâtre. Elle vous réclame.

J'acquiesçai en essayant de ne pas pleurer, de me montrer courageuse, comme Vivienne l'aurait souhaité. Mais, au moment de pénétrer dans la chambre 703, je tremblais de tous mes membres.

Ma mère semblait si pâle et si petite, tellement différente de la Vivienne que je connaissais.

À son chevet, la main dans la sienne, se trouvait Michael.

76

Michael posa les yeux sur moi puis m'adressa un hochement de tête imperceptible, accompagné d'un demi-sourire empreint de compassion.

— Salut, murmura-t-il. Tiens, prends ma place.

Il se leva pour me laisser la chaise au chevet de Vivienne.

— Bonjour, mère. C'est Jane. Je suis là.

Sa tête pivota et son regard croisa le mien. La respiration pénible, elle essaya de parler sans y parvenir, ce qui ne lui était jamais arrivé. Elle n'était ni maquillée, ni impeccablement coiffée, et portait une banale blouse d'hôpital. Ce constat me donna la mesure de la gravité de son état. Même réduite à n'être que l'ombre d'elle-même, la Vivienne que je connaissais se serait battue pour échapper à l'obligation de porter cette horreur.

Autre signe inquiétant, elle paraissait heureuse de me voir.

Je m'approchai d'elle.

— Qu'est-ce qu'il y a, mère ? Dis-moi.

Elle réussit enfin à articuler, d'une voix douce et aimable.

— J'ai été dure avec toi, Jane-Chérie. Je le sais, admit-elle en fondant en pleurs. Je suis désolée, tellement désolée.

— Ce n'est rien, ce n'est rien, la rassurai-je.

— Mais je l'ai fait pour que tu sois forte, pour que tu n'aies pas à me ressembler, à être froide, dure et intrigante. Tellement Vivienne Margaux ! Ç'aurait été terrible !

— S'il te plaît, maman, ne te fatigue pas à parler. Tiens-moi juste la main.

— J'aime quand tu m'appelles « maman », sourit-elle.

Elle m'avait toujours affirmé le contraire. Elle prit ma main pour la serrer dans la sienne.

— Dieu merci, Jane-Chérie, tu n'es pas du tout comme moi. Tu as juste hérité de mon intelligence, tu iras donc encore plus loin. Tu seras toujours bonne avec les autres. Tu seras Jane. Tu feras les choses à ta manière.

Cet aveu m'arracha des larmes que je refoulais depuis des années.

— Et moi qui croyais que j'étais une immense déception, parce que je n'étais pas comme toi.

— Oh, Jane-Chérie. Non, non, non. Jamais. Tu veux que je te dise quelque chose ?

— Oui ?

— Tu es la seule personne que j'ai jamais aimée. La seule. Tu es l'amour de ma vie.

L'amour de sa vie.

La gorge et le cœur serrés, je sentais les larmes me brûler les yeux, mais ma mère respirait la paix.

C'était donc ainsi que tout s'achevait.

Après tant d'années de braillements contre des machinistes, de hurlements sur des secrétaires et de bagarres avec des investisseurs, après des décennies d'ordres donnés à des domestiques, des chauffeurs, des traiteurs et des décorateurs, après des placards entiers remplis de robes de couturier et de chaussures à mille dollars, après des kilomètres de vol pour Paris, Londres, Bangkok et Le Caire, le rideau tombait sur une femme frêle gisant sur un lit d'hôpital et sa fille. Sur ma mère et moi, enfin réunies.

251

— Approche, Jane-Chérie, dit-elle. Je ne vais pas te mordre. Enfin, j'essaierai, ajouta-t-elle avec un pâle sourire.

Je me penchai jusqu'à ce que nos visages se touchent presque.

— J'ai une faveur à te demander.

— Bien sûr, mè... maman. Tout ce que tu voudras.

— Par pitié, assure-toi qu'on m'enterre... dans ma nouvelle robe de brocart Galliano. Pas de noir. Le noir me va si mal.

Je ne pus m'empêcher de sourire. Je la reconnaissais enfin. Vivienne resterait fidèle à elle-même jusqu'au dernier soupir.

— La Galliano. C'est noté.

— Autre chose, Jane...

— Oui ?

— Je t'interdis à toi aussi de porter du noir à mes obsèques. Le noir amincit la plupart des gens, mais, va savoir pourquoi, il te donne une silhouette de muffin.

Mon sourire s'élargit.

— D'accord, maman. Je mettrai du rose. J'ai justement la robe qu'il faut.

— Tu me fais rire, tu as toujours été drôle. Du rose à des funérailles... Ce sera parfait.

Je jetai un regard à Michael, qui observait la scène le sourire aux lèvres.

Vivienne ferma les paupières en frissonnant. Je ne supportais pas l'idée de la perdre. De perdre la « maman » que je venais de trouver.

Michael contourna le lit et prit l'autre main de Vivienne, comme pour m'indiquer que le moment était venu. Tout arrivait trop vite, trop subitement.

Je me penchai pour déposer un baiser sur la joue douce et lisse de Vivienne. Elle sourit, rouvrit les yeux et, d'un léger hochement de tête, me fit signe d'approcher davantage.

— Jane, la seule chose qui me dérange dans la mort, c'est de devoir te dire au revoir. Je t'aime tant. Au revoir, Jane-Chérie.

— Au revoir, maman. Je t'aime tant, moi aussi.

Alors ma mère me donna un dernier baiser en guise de souvenir impérissable.

77

Conformément à ses dernières volontés, Vivienne fut inhumée dans sa robe Galliano. La défunte était superbe et les obsèques grandioses et poignantes. Et pour cause, Vivienne les avait préparées dans le moindre détail.

Pour ma part, je portais du rose. Du rose Yves Saint Laurent.

La cérémonie funèbre fut, bien sûr, célébrée en l'église St Bart, sur Park Avenue.

Deux pianistes interprétèrent du Brahms à la perfection, comme si Vivienne rôdait derrière leur dos, puis un soliste joua les airs de plusieurs comédies musicales produites par ma mère. À deux reprises, l'assistance partit dans un chœur émouvant.

À la fin de la cérémonie, nous nous levâmes tous, par ce jour de printemps exceptionnellement chaud, pour entonner *Jingle Bells*, la chanson préférée de Vivienne. Cet air lui ressemblait si peu que son choix n'en était que plus parfait. Ma mère avait voulu surprendre et je me réjouissais pour elle qu'elle ait fait sensation une dernière fois.

— Il ne manquait plus que des cocktails pour se croire à un gala en l'honneur de Vivienne Margaux. Un enterrement ne devrait jamais être autrement, remarqua Michael tandis que nous descendions la travée centrale de St Bart pour regagner les limousines.

— J'ai adoré, répondis-je en le serrant contre moi. Parce qu'*elle* aurait adoré.

Quiconque étant quelqu'un, ou prétendant l'être, était présent. Outre Elsie, MaryLouise et tous les employés du bureau, la cérémonie avait attiré du beau monde. Acteurs, réalisateurs, chorégraphes, machinistes, accessoiristes, maquilleurs : tous s'étaient réunis pour rendre un dernier hommage à ma mère et célébrer ses nombreuses réussites, parmi lesquelles la prouesse d'avoir fait de moi celle que j'étais.

Mon père était venu avec sa femme, Ellie, qui à quarante-huit ans commençait enfin à en faire plus de trente. Mais peut-être s'était-elle moins mise en valeur par égard pour Vivienne.

Howard, mon beau-père d'un temps, était là aussi. La mine grave, il m'avoua n'avoir jamais cessé d'aimer Vivienne.

— Moi non plus, Howard. Moi non plus, lui dis-je en l'étreignant.

Je vis également l'ancien coiffeur de ma mère, Jason Au-Nom-Unique, lui aussi témoignage vivant des miracles de la chirurgie esthétique. Il avait rendu un dernier service à Vivienne en venant de Palm Springs rien que pour la coiffer.

Même Hugh McGrath assista à la cérémonie. Il me serra la main puis me prit dans ses bras à la façon d'un ex-mari avant de s'excuser pour tout. Je le crus presque, jusqu'à ce que je me souvienne… *Hugh est comédien. Hugh est un beau connard.*

L'inhumation, dans un cimetière du comté de Westchester, fut poignante et brève, encore une fois sur ordre explicite de Vivienne. Le pasteur nous rappela qu'après cette vie bien trop courte nous étions destinés à un autre monde, terminant sur l'idée que Vivienne produirait certainement des spectacles au paradis. L'essentiel était dit.

Je déposai une rose sur le cercueil de ma mère. Une seule, à mon image. Puis je priai pour qu'elle ait trouvé la paix et, si elle nous regardait de là-haut, pour que tout se soit déroulé comme elle le voulait. *J'ai mis du rose, maman !*

Michael me prit ensuite par la main et nous nous éloignâmes lentement.

— Nous devons parler, m'annonça-t-il.

Un tressaillement me traversa tout le corps.

78

Un soleil chaud et éblouissant éclairait le cimetière. Les verts des arbres et les couleurs vives des fleurs formaient un décor épuré et léger ; en bref, parfait. Alors pourquoi frissonnais-je ?

— Quelle belle journée ! m'exclamai-je.

— Même Dieu n'oserait pas se frotter à Vivienne, sourit Michael.

Il avait desserré sa cravate et enlevé sa veste, qu'il avait jetée sur son épaule, pendue à son index. C'était tout lui, fidèle à lui-même en toute circonstance.

— Nous savons donc maintenant pourquoi je me suis retrouvé à New York, dit-il. Et pourquoi j'avais ces drôles de pressentiments sur le New York Hospital et le reste.

J'opinai du chef sans prononcer un mot.

— J'étais ici pour aider ta mère. J'en suis quasiment certain, Jane.

Je m'arrêtai de marcher et le considérai.

— Mais tu es toujours là.

— On dirait bien, sourit-il. À moins que je ne sois vraiment ton ami imaginaire. Tout est envisageable.

Je lui donnai un petit coup de poing dans le ventre.

— Tu l'as senti, celui-là ?

— Ouf ! Oui, merci. C'est vrai que je me coupe souvent avec le rasoir, maintenant.

Il marqua une pause, ses yeux verts froncés sous les rayons aveuglants du soleil.

— Je crois que je suis ici parce que je le veux. Parce que tu es la seule personne que j'aie jamais aimée. Je suis ici parce que je ne supporterais pas de te quitter, Jane.

Je me retournai vers lui, le cœur gonflé de bonheur. Nos corps se rejoignirent et nous nous embrassâmes langoureusement dans un instant de pure félicité.

— J'ai quelques questions, lançai-je en me détachant de lui. Et il me faut des réponses.

— Je ne sais pas si je les aurai, mais je vais essayer.

— Très bien. Commençons par une dure alors. As-tu déjà parlé à... enfin, tu sais... à Dieu ?

Il hocha la tête.

— Oui, bien sûr que oui. Des milliers de fois. Malheureusement, il ne me répond jamais. Il, elle, peu importe. Question suivante.

— Donc tu crois en... ?

— Autrement, comment expliquer tout ceci ? répondit-il avec un regard alentour. Et mon existence, bien sûr ? Et nous ? Et les snow-balls, les Pokémons, les Simpsons, le système judiciaire américain et les ipod ?

— J'ai compris. Tu es un ange, alors ?

— Parfois... quand je ne suis pas un démon, sourit-il avec des yeux pétillants. Autant être honnête avec toi.

Je tapai du pied. Il fallait que je sache.

— Michael, es-tu un ange oui ou non ?

Il ancra ses prunelles dans les miennes.

— Je n'en sais rien du tout, Jane. J'imagine que je suis comme tout le monde... En fait, je n'en ai pas la moindre idée, reconnut-il en me reprenant dans ses bras avec un murmure. Tu me vois, tu sens mon contact. C'est toujours ça.

Nous continuâmes notre chemin.

— Michael, il faut que je te pose une question qui me turlupine. Vas-tu toujours rester comme maintenant, je veux dire physiquement ?

— Extraordinairement beau, d'une élégance sauvage et un brin négligé ?

— À peu près, oui.

— Tu veux savoir si je vais vieillir, Jane ?

— C'est ça.

— Franchement, je l'ignore.

— Il va pourtant falloir que tu me promettes que non seulement nous prendrons de l'âge ensemble, mais que nous prendrons aussi des rides ensemble. C'est très important à mes yeux.

— Je ferai de mon mieux pour me flétrir et me voûter. Et je conduirai une grosse Buick noire.

— Merci, j'en ferai autant. Et pour l'argent ? D'où sors-tu l'argent ?

— Facile.

Il claqua des doigts sans que rien ne se produise. Il recommença, sourcils froncés.

— Bizarre, marmonna-t-il.

Il réessaya. Toujours rien.

— Plutôt angoissant, même. D'habitude, c'est comme ça que je fais apparaître mon argent de poche. Et les taxis, quand il pleut.

Il tenta une dernière fois.

— Rien. Hum, me couper en me rasant, d'accord, mais… Bon, très bien, je chercherai du travail. Je pourrais peut-être devenir boxeur.

Je lui envoyai un nouveau coup de poing dans le ventre.

— Peut-être pas.

Je pris alors mon courage à deux mains pour lui poser la dernière question. Celle dont je redoutais le plus la réponse.

259

— Resteras-tu avec moi, Michael ? Ou me quitteras-tu encore ? Dis-le-moi. Dis-le-moi une bonne fois pour toutes. À quoi dois-je m'attendre ?

79

Michael roula des yeux, ce qui me rassura légèrement, mais seulement légèrement. Tout à coup, une
grimace tordit son visage et il porta les mains à sa
poitrine.

— Jane ? appela-t-il d'une voix indistincte, avant de
s'écrouler sur l'allée de pierre.

— Michael ! Michael, qu'est-ce qu'il y a ? Michael,
réponds-moi ! m'affolai-je en tombant à genoux à côté
de lui.

— Mal… poitrine, articula-t-il difficilement.

Je me mis à crier au secours. Quelques personnes
qui s'étaient par bonheur attardées dans le cimetière
après les funérailles accoururent.

— Appelez le 911 ! hurlai-je. Je crois qu'il fait une
crise cardiaque. S'il vous plaît, le 911 !

Je reposai les yeux sur Michael, qui transpirait à
grosses gouttes, le visage blême. Après avoir dénoué
sa cravate, je détachai le premier bouton de sa chemise si brutalement qu'il roula par terre. Je n'arrivais
pas à croire ce qui arrivait. Comment cela pouvait-il
se produire ? Maintenant ? Je crus que j'allais disjonc-
ter, devenir hystérique et, par la même occasion, complètement impuissante. Non, pas question !

— Michael, les secours arrivent. Une ambulance est
en route. Tiens bon !

— Jane, continua-t-il à murmurer.

— Ne parle pas, s'il te plaît.

D'une pâleur maladive, il semblait aux portes de la mort. Le mal l'avait pris si brusquement.

Un homme en costume noir, en qui je reconnus un employé des pompes funèbres, s'avança.

— Nous avons eu le 911. Ils sont en chemin. Essayez de vous détendre, monsieur. Mieux vaut ne pas parler.

— Jane, tenta encore Michael d'une voix presque rêveuse. Tu as des yeux si doux.

Je me penchai sur lui.

— S'il te plaît, Michael. Chut !

Il secoua la tête. Je crus qu'il allait essayer de se relever mais son corps demeura immobile.

— Non, ne me demande pas de me taire. Je dois parler maintenant. Il y a des choses qu'il faut que tu saches.

Je pris sa main et me rapprochai encore. Une petite foule s'était rassemblée autour de nous mais, à même le sol, nous n'étions que tous les deux. En tête à tête, comme toujours.

— Pendant des années, j'ai prié pour te revoir, dit-il dans un chuchotement rauque. Te revoir adulte. J'ai prié pour que ça arrive, Jane. J'y ai beaucoup pensé, j'espérais que ce serait possible. Et puis c'est arrivé. Quelqu'un écoutait mes prières. C'est formidable, hein ?

— Chut, murmurai-je.

Des larmes chaudes m'embuaient les yeux, mais Michael refusait de se taire.

— Tu es tellement exceptionnelle, Jane. Tu t'en rends compte, j'espère. Je dois savoir. Tu le sais ?

— Oui, dis-je en opinant du chef, répétant ce qu'il voulait entendre. Je suis exceptionnelle.

Ses lèvres se détendirent et, l'ombre d'une seconde, il retrouva son visage habituel. Il avait le sourire le plus fabuleux du monde, chaleureux, doux et aimant. Un sourire qui m'allait droit au cœur depuis que j'étais enfant.

— Je n'imaginais pas combien j'allais t'aimer… combien ce serait bien, poursuivit-il en me serrant la main. Je t'aime, Jane. Je t'aime. Je sais que je l'ai déjà dit, mais je voulais te le redire. Je t'aime…

Alors des larmes emplirent ses yeux, et ses lèvres dessinèrent un drôle de petit sourire.

— On a connu pire, remarqua-t-il.

Puis ses paupières se fermèrent.

80

Ce qui arriva par la suite relevait de l'impossible. Une déclaration qui, j'en ai conscience, doit paraître complètement folle étant donné les événements précédents. Mais laissez-moi vous raconter...

Michael fut conduit en ambulance au Northen Westchester Hospital, jusqu'où je le suivis dans une voiture de police. Sur place, un médecin très aimable du nom de John Rodman m'informa que Michael, souffrant de quatre sténoses artérielles, allait subir une angioplastie sur-le-champ, une opération du cœur n'étant toutefois pas à exclure. Il me posa sur Michael des questions auxquelles j'étais bien incapable de répondre : son âge, ses antécédents cardiaques...

Puis il disparut, me laissant seule dans la salle d'attente, qui ne tarda pas à se remplir de gens visiblement aussi tendus et mal à l'aise que moi.

Jusque-là, rien de bien étrange...

C'est alors qu'une femme d'une trentaine d'années, avec des cheveux blond-roux et un visage attirant la sympathie au premier regard, se leva pour se servir un verre à la fontaine à eau et s'avança vers moi.

— Puis-je m'asseoir ?

Je dodelinai de la tête d'un air hébété.

— Je suis une amie de Michael.

Cette phrase me sortit de ma torpeur. Je relevai la tête d'un mouvement brusque et observai son visage avenant qui respirait la gentillesse.

— Nous le sommes tous, compléta-t-elle.

D'un grand geste du bras, elle inclut toutes les autres personnes dans la salle d'attente, qui me saluèrent chaleureusement.

— Nous sommes des amis... imaginaires.

— Oh.

Je restai un moment sans voix, à observer tous les « collègues » de Michael, puis reposai les yeux sur la femme.

— Moi, c'est Jane.

— Je sais. Nous aimons tous Michael, vous savez. Comment va-t-il ? Savez-vous ce qui se passe ?

— Il a un problème au cœur. Quatre artères sont bouchées.

Elle secoua la tête d'un air navré.

— C'est vraiment très... étrange. Au fait, je m'appelle Blythe.

— Pas tant que ça, si l'on considère ses habitudes alimentaires, remarquai-je avec une pointe d'ironie.

— Sauf que nous ne tombons pas malades, remarqua Blythe avec un petit sourire. Aucun de nous. Jamais. Croyez-moi, il se passe quelque chose de totalement inattendu et de vraiment très bizarre.

Songeant à notre histoire d'amour vouée à l'échec, je secouai la tête.

— Si vous saviez...

Elle me prit la main avec une gentillesse extrême qui faisait déjà d'elle une amie parfaite.

— Mais je sais, Jane. Michael m'a parlé de vous. C'est impossible de le faire taire quand il commence. Nous approuvons tous. Pas que vous ayez besoin de notre accord, bien sûr. Nous n'avons jamais vu Michael aussi heureux. Nous vous aimons déjà, Jane.

Ma nouvelle amie imaginaire et moi restâmes donc assises main dans la main, à patienter dans l'inquiétude

265

et la terreur. Au bout d'une attente qui me parut interminable, le docteur Rodman entra dans la pièce et se dirigea droit sur moi. Je n'arrivais pas à lire quoi que ce soit sur son visage, mais il ne souriait pas. Mon cœur se serra douloureusement et ma gorge s'assécha.

Je lançai un regard désespéré à Blythe, qui secoua la tête.

— Le médecin ne peut pas nous voir.

Ah, oui, c'est vrai ! Je suis la seule tarée de l'hôpital à avoir des amis imaginaires. À trente-deux ans.

— Mademoiselle Margaux, dit le docteur Rodman. Vous voulez bien me suivre ? C'est un peu inhabituel. Venez, s'il vous plaît.

81

Jane entra dans la salle de réveil avec son médecin. *Son* médecin, une autre nouveauté ! Michael n'avait jamais été malade un seul jour de sa vie, il n'avait jamais passé d'examen médical, alors passer sur le billard ! Et, oh, ce n'était pas tout : il n'avait jamais eu autant la frousse.

Pas de mourir. Pour cela, il ne s'inquiétait pas. Enfin, pas trop... Disons qu'il affichait, face à la mort, un optimisme prudent.

Non, il avait craint de perdre Jane alors qu'il venait juste de la retrouver. Et cela, il ne pouvait l'accepter.

— Salut, dit-elle avec un faible sourire et la voix qu'il aimait tant.

— Salut. Je dois avoir l'air d'être passé sous un semi-remorque. C'est l'impression que j'ai, en tout cas.

— Tu as l'air en pleine forme... pour quelqu'un qui est passé sous un semi-remorque.

Le médecin prit congé avec une petite tape sur l'épaule de Jane. Elle s'approcha alors du lit et se pencha pour déposer un baiser sur le front de Michael. Ce geste le ramena des années en arrière, quand il faisait pareil à la petite Jane de huit ans. Il le lui rappela.

— Nous sommes sur la même longueur d'onde, Michael. Bien sûr que je me souviens, sourit-elle. Je t'avais bien dit que je ne t'oublierais jamais.

Ils se tinrent les mains, les doigts entremêlés.

267

— Le médecin est sous le choc parce que tu es sorti de l'anesthésie très vite. Trop vite, même.

— Je ne sais pas pourquoi, observa-t-il avec un haussement d'épaules. Mais que m'est-il arrivé ?

Jane sourit. Rien qu'à la regarder, Michael se sentait déjà mieux.

— Ce qui t'est arrivé, c'est trop de nourriture grasse et de cochonneries pendant Dieu sait combien de temps. Et je ne rigole pas. Mais il y a une bonne nouvelle...

— Je suis tout ouïe.

— Tu as un cœur, Michael. Tu as failli mourir. Tu es humain, Michael. Humain !

La joie illuminait son visage de l'intérieur.

— Attends voir, si j'ai bien compris, le plus génial dans le fait d'être humain, c'est qu'on meurt ?

— Qu'on vit et qu'on meurt. Mais oui, c'est à peu près ça.

Michael et Jane pleuraient tous les deux à présent, cramponnés l'un à l'autre.

— Ce qui s'est produit aujourd'hui est un miracle, réussit-il à articuler.

82

En parlant de miracles, en voici un sur lequel méditer...

Ce n'est pas parce que la vie est dure et finit toujours mal que tous les récits doivent prendre modèle sur elle, même si c'est ce que l'on apprend à l'école et dans les critiques littéraires du *New York Times*. Tout compte fait, il faut se réjouir que les histoires soient aussi variées que chacun d'entre nous.

Laissez-moi donc vous annoncer comment celle-ci se termine : bien. Voilà, je vous aurai prévenus.

D'énormes projecteurs ratissent le ciel de Manhattan, signalant un événement exceptionnel. Tout le monde se bouscule en agitant des stylos et des bouts de papier pour réclamer des autographes. La police est obligée de contenir la foule au coin de la 6e Avenue et de la 54e Rue.

L'estomac noué, je souris comme si de rien n'était et passe devant les paparazzi pour entrer dans le cinéma. Je porte une robe de satin rouge qui, légèrement ajustée aux hanches, tombe en une jupe évasée. J'ai belle allure, et je le sais.

En parcourant l'allée jusqu'à mon fauteuil, c'est à peine si je n'entends pas ma mère rouspéter : « Voyons, Jane-Chérie, une robe aussi élégante se porte avec de plus beaux bijoux. Pourquoi n'es-tu pas allée dans mon coffre pour y choisir une jolie parure ? Tu sembles si... imparfaite. »

Un peu plus et je m'exclamais tout haut : « Mère, s'il te plaît, pas ce soir ! »

Je me glisse au troisième rang, toute seule. Peu importe, je peux gérer la situation. Je suis une grande fille.

C'est alors que je vois Michael. Fringant, il descend l'allée à grands pas et s'enfonce dans le fauteuil à côté du mien.

— Pile à l'heure.

— Je suis à bout de nerfs, lui dis-je, comme s'il ne l'avait pas remarqué.

Il me prend dans ses bras, me calmant instantanément. Michael est apaisant, sexy et gentil, tout à la fois.

— Très bien, je suis maintenant à bout de nerfs *et* folle amoureuse d'un homme qui pourrait bien être imaginaire.

Il me donne un petit coup dans les côtes, c'est presque devenu une habitude entre nous.

— D'accord, tu es réel.

Soudain, les lumières se tamisent et l'écran s'allume.

Des acclamations traversent la salle, mais j'ignore cet enthousiasme partial venu des rangs des employés du studio et des agences de relations publiques.

— Ils adorent ! me souffle Michael.

— Ça n'a même pas commencé.

Un titre encadré s'affiche sur l'écran : « En association avec ViMar Productions, Jane Margaux présente : *Le ciel soit loué.* »

J'entends avec gratitude les applaudissements redoubler. Je me penche vers Michael.

— En tout cas, la musique est fabuleuse.

Des violons et quelques cuivres. Juste ce qu'il faut pour introduire la première scène d'une jolie comédie légère.

Une caméra se promène sur la salle bondée de l'Astor Court à l'hôtel St Regis. Le vrai hôtel St Regis, pas un décor.

Le plan se resserre ensuite sur une table à laquelle est assise une adorable petite fille. La caméra s'attarde un peu sur elle pour laisser au spectateur le temps de la découvrir, avec ses joues rouges comme des pommes et son sourire irrésistible.

Puis elle reprend son chemin et s'arrête sur son compagnon, un bel homme d'une trentaine d'années peut-être. Difficile à dire mais, une chose est sûre, il crève l'écran.

— Alors, qu'est-ce que ce sera pour toi ? demande-t-il.

— Tu sais bien, répond la fillette.

— Oui, je sais : de la glace au café noyée dans une rivière de caramel chaud.

L'acteur, taillé pour incarner le personnage, est un parfait inconnu que je viens de découvrir. Une chance, il cherchait du travail.

C'est Michael, dans le rôle de Michael. Que rêver de mieux ?

Je l'admire à l'écran et lui serre la main en pensant que chaque instant de la vie contient une touche d'irréel.

Puis, tout improbable que cela puisse paraître, je me dis qu'un homme et une femme peuvent, ensemble, trouver le bonheur pour un petit bout de temps.

En tout cas, moi j'y crois. Si cela m'est arrivé à moi, Jane-Chérie, pourquoi pas à d'autres ?

À propos, le public a adoré *Le ciel soit loué.*

ÉPILOGUE

Michael était assis à une table de l'Astor Court avec une merveilleuse petite fille de quatre ans : Agatha, qui préférait qu'on l'appelle Aggie.

Aggie était la dernière mission en date de Michael et, malgré ses efforts pour proposer des activités différentes à chacun de ses protégés, il n'avait pas résisté à l'attrait de l'hôtel St Regis un dimanche après-midi. Il ne gardait que de bons souvenirs de cet endroit.

Un serveur déposa devant lui des boules de sorbet melon et citron.

— Merci infiniment, dit-il, comme si l'homme venait de lui rendre un immense service.

C'était d'ailleurs le cas, car ce dernier accomplissait son travail à la perfection. Il avait déjà déposé son dessert devant Aggie, qui dévorait du regard une coupe de glace à la fraise avec une pointe de confiture de fraise, le tout surmonté de crème fouettée parsemée de fraises entières.

— Une vraie fille ! la taquina Michael.

— Normal, c'est ce que je suis, gros bêta !

Aggie arborait, en harmonie avec ses beaux yeux verts, le plus beau des sourires.

Michael fut tenté de lui apprendre un jeu, leur petit jeu à eux, mais il se ravisa. Elle méritait encore mieux. Justement…

— Regarde !

Jane, partie changer leur fils de douze mois, s'empressait de rejoindre la table avec le petit Jack.

— Yère, yère, répétait ce dernier en pointant le plafond du doigt.

C'était le mot par lequel il désignait la lumière, ainsi que tout ce qu'il aimait beaucoup.

— Voilà maman et Jack ! s'exclama Michael.

Comme toujours, il sentit son cœur bondir d'exaltation. Il s'estimait si chanceux, si privilégié, si *béni* d'avoir Jane et cette petite famille.

— Maintenant, on peut jouer à chat. C'est toi le chat, papa, rit Aggie.

— D'accord, sauf que nous ne pouvons pas y jouer ici. Mais je veux bien être le chat plus tard. Le chat affamé, avec de longues, longues moustaches.

Il se tourna vers Jane et sourit.

— Tu m'as manqué. Tu me manques toujours, murmura-t-il seulement pour elle.

— Toi aussi tu m'as manqué, mais je suis là maintenant.

— Nous sommes tous là, tous les quatre. Et il n'y a rien de plus beau au monde. Je ne peux rien imaginer de mieux, même dans mes rêves les plus fous.

Jane s'assit et, plongeant sa cuillère dans la glace au café baignée de caramel, donna à goûter pour la première fois l'irrésistible délice à Jack.

— Yère ! s'exclama le petit garçon.

DU MÊME AUTEUR
AUX ÉDITIONS ARCHIPOCHE

POUR TOI, NICOLAS

Éditrice, Katie Wilkinson croyait avoir trouvé le grand amour en la personne de Matt, dont elle s'apprêtait à publier le recueil de poèmes. Mais ce dernier disparaît brusquement, lui laissant pour toute explication un journal intime.

Suzanne, une jeune mère, s'y adresse à son fils, Nicolas. Au fil des pages, Katie découvre que l'homme dont elle est tombée amoureuse n'est autre que le mari de Suzanne, le père de Nicolas...

Matt, qui prétendait vivre seul, lui a-t-il menti? Mène-t-il une double vie? Pourquoi lui infliger un tel supplice? Malgré sa douleur, Katie poursuit sa lecture...

James Patterson a tenu à dédier ce roman, inspiré par la disparition de sa femme, à tous ceux qui ont aimé, tout perdu, et aimé de nouveau.

« Un roman d'amour? Oui, mais en même temps un suspense
qui étonnera le lecteur. »
Le Courrier d'Aix

ISBN 978-2-35287-006-7 / H 50-3866-6 / 192 pages / 5 €

L'AMOUR NE MEURT JAMAIS

Depuis la disparition accidentelle de son mari, Jennifer, journaliste au *Chicago Tribune*, noie son chagrin dans le travail et refuse toute nouvelle aventure sentimentale. Quand elle apprend que Samantha – sa grand-mère et confidente de toujours – est tombée dans le coma, Jennifer se précipite à son chevet.

Dans la maison de son enfance, la jeune femme découvre les lettres que Samantha lui a écrites pour lui dévoiler le secret qu'elle garde depuis si longtemps...

Avec *L'amour ne meurt jamais*, James Patterson livre un roman qui mêle passion et suspense. Une histoire tendre et poignante qui fait tour à tour sourire et pleurer, mais surtout croire en l'amour.

ISBN 978-2-35287-034-0 / H 50-4803-8 / 192 pages / 5 €

DU MÊME AUTEUR
(suite de la page 4)

AU FLEUVE NOIR

L'Été des machettes, 2004.
Vendredi noir, 2003.
Celui qui dansait sur les tombes, 2002.

*Cet ouvrage a été composé
par Atlant'Communication
au Bernard (Vendée)*

*Achevé d'imprimer sur Roto-Page
par l'Imprimerie Floch à Mayenne
en mars 2010
pour le compte des Éditions de l'Archipel
département éditorial
de la S.A.S. Écriture-Communication.*